Ute Krause

Die Muskeltiere

Vier Helden ohne Furcht und Tadel

Ute Krause

Die Muskeltiere

Vier Helden ohne Furcht und Tadel

Illustrationen von Ute Krause

cbj

Bei diesem Buch wurden die durch das verwendete Material und die Produktion entstandenen CO_2-Emissionen ausgeglichen, indem der cbj Verlag ein Projekt zur Aufforstung in Brasilien unterstützt.
Weitere Informationen zu dem Projekt unter:
www.ClimatePartner.com/14044-1912-1001

MIX
Papier aus verantwortungsvollen Quellen
FSC® C010328

Wir produzieren Klimaneutral
ClimatePartner.com/14044-1912-1001
Druckprodukt

Penguin Random House Verlagsgruppe
FSC® N001967

1. Auflage 2021

Erstmals als Einzelbände im cbj Verlag erschienen unter den Titeln:
Picandou und der kleine Schreihals
Hamster Bertram lebt gefährlich
Cover- und Innenillustrationen: Ute Krause
Umschlaggestaltung: Lena Ellermann
CK · Herstellung: UK
Druck: Alföldi Druckerei AG, Debrecen
ISBN 978-3-570-17891-1
Printed in Hungary

www.cbj-verlag.de

Inhalt

Die Muskeltiere
Einer für alle, alle für einen

In einem Hamburger Feinkostgeschäft mit exklusiver Käseauswahl haben sich zwei Mäuse, eine Rattendame und ein Hamster zu einer Wohngemeinschaft zusammengefunden. Die Besitzerin des Ladens, Frau Fröhlich, und Margarethe, die »gute Seele« hinter der Theke, ahnen nichts von ihren heimlichen Mitbewohnern, und die vier Freunde tun alles dafür, damit das auch so bleibt.

PICANDOU

Picandou C. Saint Albray ist viel zu bequem, um ein Held zu sein. Er würde auch immer noch alleine unter der Kellertreppe des Feinkostgeschäfts leben und es sich dort gut gehen lassen, wäre er nicht in einer dunklen Novembernacht einer Ratte ohne Namen und einer Maus ohne Zuhause begegnet.

Die Ratte ohne Namen wurde Gruyère Réserve getauft. Sie hatte ihr Gedächtnis verloren und glaubte fest, dass sie eine Maus wäre. Auf der Suche nach ihrer Vergangenheit stieß sie nicht nur auf das »Schiff meiner Träume«, das im Hamburger Hafen lag, sondern fand auch neue Freunde!

GRUYÈRE

Ernie, alias Pomme de Terre, verlor sein Zuhause in der Kneipe »Zur Dicken Seejungfrau«, als ein Kammerjäger ihn ausräuchern sollte. Auf der Flucht entdeckte er das Feinkostgeschäft und wähnte sich schon im Paradies, bis er feststellte, dass es einem anderen gehört.

Bertram von Backenbart, ein Goldhamster von edlem Geblüt, hatte alles, wovon ein Hamster nur träumen konnte. Am liebsten hörte er Geschichten auf CD, am allerliebsten »Die drei Musketiere«. Wenn er sich doch nur nicht so gelangweilt und vom großen Abenteuer geträumt hätte … Da erhielt er unerwarteten Besuch und sein Leben änderte sich abrupt.

Die Muskeltiere

Picandou und der kleine Schreihals

Kapitel 1

Überraschung? Überraschung!

Etwas hatte den Mäuserich Picandou Camembert Saint Albray unsanft aus den schönsten Käseträumen gerissen. Er setzte sich verschlafen in seiner Sardinendosen-Couch auf und sah sich um. Es war ziemlich dunkel und nur der matte Schein der Straßenlaterne warf einen schmalen Strahl in die Höhle unter der Kellertreppe.

Picandou spitzte die Ohren und lauschte – oben im Feinkostgeschäft war es mucksmäuschenstill und in der Ferne schlug die Kirchturmuhr. Picandou zählte mit – eins, zwei, drei. Drei Uhr also. Frau Fröhlich und Margarethe mussten schon längst nach Hause gegangen sein. Was aber hatte ihn geweckt?

Picandous Blick wanderte noch einmal suchend durch die Höhle. Alles war so wie immer: Auf dem Schwammbett schmatzte der Hamster Bertram von Backenbart und träumte wahrscheinlich von Kohlsalat und Mohrrüben. In der anderen Sardinendose, die auch zur Couchgarnitur gehörte, schnarchte und pfiff die Kneipenmaus Pomme de Terre und direkt neben Picandou lag Gruyère zusammengerollt in einer Camembertschachtel. Ihr hübsches rosa Näschen zuckte und sie lächelte im Schlaf. Ob die schöne Rattendame vielleicht vom Müllsack träumte, der sie gleich im Innenhof erwartete?

Picandou betrachtete sie liebevoll, dann schloss er wieder die Augen und ließ sich zurück in seine Dose und in seine Käseträume sinken.

Kaum war er wieder eingenickt, da begann es von Neuem: Es war das gleiche Schaben und Klopfen, das den Mäuserich schon beim ersten Mal geweckt hatte!

Diesmal war er sofort hellwach. Das Geräusch kam eindeutig aus dem Kellerraum.

So leise wie möglich hievte er sich aus seiner Dose und trippelte auf Krallenspitzen zum Höhleneingang. War etwa ein Einbrecher in den Keller eingedrungen?

Picandous Herz klopfte auf einmal heftig und er bekam ein mulmiges Gefühl im Magen, denn der Gedanke gefiel ihm überhaupt nicht. Vorsichtig, sehr vorsichtig spähte er hinaus.

Das fahle Licht der Straßenlaterne schimmerte durch das Kellerfenster und warf einen matten Schein auf das Waschbecken, das an der rechten Wand hing. Von dort

aus führte Picandous Geheimgang durch ein Abflussrohr in den Innenhof, wo der beste Müllsack der Welt auf ihn wartete. Picandous Magen meldete sich heftig bei dem Gedanken daran.

Aber dafür war jetzt leider keine Zeit, denn plötzlich hörte er wieder das leise Klopfen und Schaben. Picandous Nackenhaare sträubten sich. Das Geräusch schien von Frau Fröhlichs Schreibtisch zu kommen. Er spähte nach oben. Papiere stapelten sich unordentlich aufeinander, denn Frau Fröhlich war keine gute Geschäftsfrau. Sein Blick glitt noch etwas höher. Und da wusste er, wo das Geräusch herkam – vom Kellerfenster! Es lag direkt über dem Schreibtisch und vor der staubigen Scheibe schien sich etwas zu bewegen.

Picandou lehnte sich vor, kniff die Augen zusammen und versuchte zu erkennen, was das war. Es klopfte, kratzte und schabte von Neuem, diesmal noch heftiger, und dann bemerkte der Mäuserich eine Pfote, die eifrig winkte. Picandou machte ein paar vorsichtige Schritte auf den Schreibtisch zu und erkannte, dass es nicht nur eine Pfote war, die winkte, sondern ganz viele!

Und dann hörte er Stimmen. Sie waren durch die

Scheibe kaum zu verstehen. Hatte eine nicht gerade »He, Dickerchen« gerufen?

Picandou zögerte – aber nur kurz – und machte noch ein paar größere Hüpfer auf den Schreibtisch zu. Er musste das Ganzc aus der Nähe betrachten.

»Picandou! Picandou!«, ertönte es jetzt im Chor.

Zwei Nasen waren gegen die Scheibe gepresst. Picandou ahnte schon, wem sie gehörten – Rattussi und Rattila! Und hinter den beiden drängten sich auch Ratterich und die ganze Rattenbande, winkten heftig und riefen seinen Namen.

»Hey, Dickerchen!«, grölte Ratterich noch einmal. Das war wieder typisch! Er war ja nur eifersüchtig, weil Gruyère sich nicht für ihn, sondern für Picandou entschieden hatte, und das obwohl Picandou nur eine kleine wohlgenährte Maus war und keine stattliche Ratte.

Deswegen tat der Mäuserich jetzt auch so, als hätte er ihn nicht gehört. »Na, wenn das man keine Überraschung ist!«, rief er zurück. »Was macht ihr denn hier?!«

Rattussi deutete mit beiden Pfoten auf ihre Ohren und schüttelte den Kopf, um zu zeigen, dass sie ihn nicht verstehen konnte.

Picandou wiederholte seine Frage etwas lauter: »WA-A-AS MACHT IHR DENN HIER?!«

Davon wurde Pomme de Terre wach. Er steckte den Kopf zum Höhleneingang hinaus und knurrte: »Wat soll denn dieser Höllenlärm mitten in der Nacht?«

»Rattussi und Rattila sind da!« Picandou deutete aufs Fenster. Dort winkten ihnen fünfzig Rattenpfötchen im Takt zu.

Pomme de Terre rieb sich ungläubig die Augen. »Das gibt's ja nich!«, rief er. »Ich dachte, die gondeln mit der Traviata über die Weltmeere!«

»Scheint nicht der Fall zu sein. Sonst würden sie nicht vor unserem Kellerfenster stehen und winken«, antwortete Picandou, der noch nicht so recht wusste, ob er sich über den Besuch freuen sollte oder nicht, denn es bedeutete, dass Frau Fröhlichs Müllsack heute unter vielen Mäulern geteilt werden musste.

Pomme de Terre kratzte sich am Kopf und starrte

zum Fenster hinauf. »Da is was dran«, murmelte er und betrachtete noch etwas benommen die Ratten, die noch immer wild gestikulierten. »Das is ja mal ein Ding. Na, wenn das mal kein Ding is.«

»Was ist kein Ding?«, fragte Gruyère, die nun auch am Höhleneingang erschien.

Als sie die Ratten entdeckte, winkte sie ihnen freundlich zu. »Was für eine schöne Überraschung«, rief sie und trippelte zurück in die Höhle, um den Hamster zu wecken.

Der purzelte vor Verwunderung vom Schwammbett, als er hörte, wer vor dem Kellerfenster auf sie wartete. Er ergriff seinen Degen und hechtete freudig hinaus, denn es versprach ein interessanter Abend zu werden. Die

Ratten würden bestimmt von ihren Abenteuern auf hoher See berichten und von Abenteuergeschichten konnte Bertram nie genug bekommen.

Die anderen waren bereits die Kisten hinaufgeklettert, die Margarethe neben dem Waschbecken gestapelt hatte. Bertram folgte ihnen und erreichte mit ein paar eleganten Sprüngen den Rand des Waschbeckens, rutschte hinab zum Abfluss, hielt die Luft an und flutschte ins Rohr hinter den anderen her. Sein herrlicher Schnurrbart war das Letzte, was von ihm verschwand.

Kapitel 2

Party!

Die Rattenbande hatte das Sieb über dem Abfluss im Innenhof schon beiseitegeschoben und umringten das Loch. Erwartungsvoll schauten sie hinab in die Tiefe. Kaum hatte Picandou als Erster sein Schnäuzchen in die Nachtluft hinausgestreckt, da zogen ihn schon zehn Pfotenpaare bereitwillig hinauf. Auch die anderen drei Muskeltiere wurden, einer nach dem anderen, ins Freie gehievt.

Dann machten die Helfer einen respektvollen Schritt zurück und ließen Rattussi und Rattila, den Chefs der Rattenbande, den Vortritt. Sie breiteten ihre Pfoten aus und drückten jeden Muskeltier kräftig an ihre magere Rattenbrust.

Dabei klopfte Rattila jedem auf die Schulter und rief begeistert: »Nicht zzzu fasssen, dasss Wussseltier ist auch noch da und die dicke graue Mausss sssowiessso. Und unssser Gruyèrechen und dat Pomme de Terrchen! Wie schön!«

»Ja, wo sollten wir denn sonst sein?«, fragte Pomme de Terre.

»Eben!«, stellte Picandou fest. »Wo denn sonst? Schließlich ist das hier unser Zuhause.«

Bertram hob skeptisch eine Braue. »Viel hätte nicht gefehlt und drei von uns wären nicht mehr hier«, lispelte er und warf dem Mäuserich einen vielsagenden Blick zu. »Schon vergessen, alter Knabe?«

Picandou errötete. Das hatte er natürlich nicht vergessen, auch wenn er daran lieber nicht erinnert werden wollte. Alles was damals mit der hinterhältigen Madame Roquefort passiert war, war ein ziemlich dunkler Fleck auf seiner ansonsten so blütenreinen Mäuseweste gewesen. Aber die Geschichte lag zum Glück weit hinter ihnen.

»Lass gut sein«, flüsterte Gruyère dem Hamster zu. »Wir müssen nicht auf der Vergangenheit herumreiten.«

In dem Moment schob Ratterich sich an seinen Geschwistern vorbei, die sich um die Muskeltiere drängten. Er verbeugte sich vor Gruyère und drückte ihr einen Kuss auf die Pfote.

»Wie wunderbar, dasss wir uns wiederbegegnen«, säuselte er und warf ihr einen feurigen Blick zu. »Du bisssst ssso schön wie eh und je, Zzzuckerpüppchen …«

Picandou unterbrach ihn hastig. Er hatte nicht vergessen, wie dieser Ratterich seiner Gruyère den Hof gemacht hatte. »Wie wäre es mit einem kleinen Imbiss aus dem Müllsack!«, rief er und schob sich zwischen die beiden. Er nahm Gruyères Pfote, wischte sanft Ratterichs Kuss weg und lächelte in die Runde. »Ihr habt bestimmt Hunger.«

»Jäh! Jäh«, grölten die Ratten und stampften mit den Füßen. Frau Fröhlichs Müllsäcke waren berühmt und konnten es locker mit der Kost auf einem Fünf-Sterne-Schiff, wie der Traviata, aufnehmen.

Rattila klatschte immer wieder in die Pfoten und rief »Ruhe!«, bevor die Rattengang endlich leiser wurde. Dann gab er ein paar knappe Befehle: »Müllsssack anheben. Und zack, zack herbringen!«

Die Rattenbande stürzte sich sofort auf den Sack und trug ihn über den Hof. Rattussi bestimmte wie ein Fluglotse die genaue Position und behutsam legten die Ratten ihn wie einen großen Schatz vor ihr ab. Dann hockten sie sich in einen Kreis und starrten gierig darauf.

Rattila, der neben seiner Frau stand, räusperte sich. »Meine Lieben«, begann er, »heute issst eine ganzzz besssondere Nacht, denn heute sssind gute Freunde nach langer Zzzeit endlich wieder vereint. Darum lassst unsss feiern, bisss sssich die Balken biegen. Ein Hoch auf die Mussskeltiere! Ein Hoch auf *unsss*!«

»Ein Hoch auf die Mussskeltiere! Ein Hoch auf *unsss*!«, grölte die Rattengang, und dann fassten sie sich an den Pfoten und tanzten und stampften um den Müllsack. Dabei sangen sie ihr Rattenlied:

Sack zerreißen,
Sack zerreißen,
kräftig in das Fressen beißen!
Essen fressen,
Essen fressen!
Kräftig in die Fresse pressen!
Kauen, kauen,
nagen, nagen,
alles muss jetzt in den Magen!

Picandou schaute nervös hinauf zu den Fenstern, hinter

denen Frau Fröhlich schlief. Zum Glück war die alte Dame etwas schwerhörig.

Endlich beendeten die Ratten ihr Liedchen.

Fressen, fressen, nagen, na-a-agen,
alles muss je-e-etzt in den Ma-a-agen!,

sangen sie feierlich und stürzten sich dann alle gleichzeitig und mit lautem Knurren auf den Müllsack. Fetzen flogen, es wurde gequiekt und gefiept und bald war nur noch ein lautes Schmatzen und Seufzen zu hören.

Picandou und Bertram wandten angewidert den Blick ab. Eines stand fest – auch auf dem feinen Fünf-Sterne-Schiff hatten die Ratten keinerlei Tischmanieren gelernt.

Ein schöner Abend ist das nicht gerade, dachte Picandou. Egal, er würde ihn schon überstehen und dann waren die Ratten ja auch schon wieder auf ihrem Schiff. Er lehnte sich an einen Blumentopf und biss in ein Stückchen Kartoffel aus den Kartoffelsalatresten. Es schmeckte köstlich, so wie alles, was Frau Fröhlich kochte. Er schloss die Augen und versuchte das Essen zu genießen.

Wenn er nicht zu den Ratten schaute, gelang ihm das vielleicht.

»Tortä! Tortä! *Tortä!*«, krähte es plötzlich aus dem Müllsack. Es war eine so durchdringende Stimme, dass sie Picandou durch Mark und Bein ging. Er zuckte zusammen und öffnete wieder die Augen. Ein winziges Rattenkind, dessen Fell fast rosa war, kletterte aus dem Sack, fegte auf Rattussi zu und hob ein Stückchen Sahnetorte hoch: »TORTÄÄÄÄ!«, piepste es vergnügt und strahlte mit aufgerissenen Knopfaugen in die Runde.

»Rattibor, unssser Jüngsssster«, sagte Rattussi stolz und strich ihrem Sohn sanft über den Kopf.

»Schön«, murmelte Picandou höflich. Dieser Abend entwickelte sich doch schlechter, als er befürchtet hatte. Die Ratten fraßen ihm nicht nur sein Abendessen weg, sie waren auch viel zu laut. Sein Blick glitt wieder zu Frau Fröhlichs Fenster hinauf. Zum Glück war es dort oben noch immer dunkel, aber richtig entspannt würde die Party heute nicht verlaufen, zumindest nicht für Picandou.

Vier Ratten wienerten hinüber und servierten den Muskeltieren, mit einer kleinen Verbeugung, ein paar feine Käseecken, Pastetenkrümel und Tortenstückchen. Auch Rattussi und Rattila versorgten sie damit.

Das rosa Rattenkind hüpfte seinen Rattengeschwistern hinterher, als sie zurück zum Müllsack liefen, um Nachschub zu holen. »Tortä! TORTÄ!«, sang es dabei aus voller Kehle.

Picandou warf ihm einen düsteren Blick zu. Für seine Größe war der Kleine erstaunlich laut.

Liebevoll betrachtete Rattussi ihren Jüngsten. Auch Gruyère war ganz hingerissen. Der Kleine strahlte sie an und sang immer wieder: »TORTÄ! TORTÄ-Ä-Ä!«

Picandou schüttelte sich. Er bekam eine Gänsehaut von dieser durchdringenden Piepsstimme. Es fühlte sich an, als würde jemand mit Sandpapier über seine Zähne raspeln. »Was hat er denn?«, fragte er mit einem verzweifelten Lächeln.

»Er liebt Sssahnetorte über allesss«, antwortete Rattussi und kraulte den Kleinen hinter den Ohren. »Ist er nicht sssüsss, der kleine Racker?!«

»Oh … ja!« Picandou sah sich um und überlegte, ob er sich nicht unauffällig davonstehlen könnte. Doch gerade als er aufstehen wollte, hüpfte ihm Rattibor auf den Schoß. Er zupfte an Picandous Schnurrhaaren. »Tortä! Tortä!«, gurrte er und starrte Picandou mit seinen süßen Knopfaugen an.

»Da schau einer an, er mag dich«, rief Rattussi entzückt. »Du wärssst besstimmt ein guter Papa. Oder wasss meinssst du, Rattenzähnchen?« Sie stupste ihren Mann in die Seite.

»Jaja.« Rattila nickte Picandou aufmunternd zu und nahm noch einen ordentlichen Bissen von seinem Käsestück. »Auf jeden Fall.«

»Nun ja«, stotterte der Mäuserich. Er schielte hinüber zu Gruyère. »Das hat ja noch ein bisschen Zeit.«

Rattibor sabberte auf Picandous Arm. Noch sehr, *sehr* viel Zeit dachte er bei sich, sprach es aber lieber nicht aus, denn Gruyère errötete und erwiderte seinen Blick mit einem erwartungsvollen Lächeln.

Pomme de Terre zwinkerte ihm vergnügt zu. »Papa Picandou, das klingt man gar nich schlecht«, sagte er.

»Papa Picandou?« Auch Bertram grinste und feixte. »Papa Picandou … «

»Papa Pikatu«, wiederholte Rattibor, der jetzt an Picandous Fell zupfte und seine Spucke darüber verteilte. »Papa PIKATU-U-U!« Übermütig nahm er einen großen Bissen von dem Stück Nusstorte, das Picandou in seinen Pfoten hielt und von dem er gerade selbst abbeißen wollte.

»Hey«, knurrte der Mäuserich, »*meins*! Verstehst du?!«

Rattibor blinzelte ihn an, kaute und verzog plötzlich das Gesicht. Er hatte bemerkt, dass es keine Sahnetorte war, und spuckte den Bissen angewidert aus. Die ausgespuckten Krümel blieben an Picandous Barthaaren hängen.

Picandou, der sich schon auf sein Tortenstück gefreut hatte, wurde rot vor Zorn. Aber er biss tapfer die Zähne zusammen und schwieg, denn er wollte seinen Besuch nicht vor den Kopf stoßen.

»Pfui, Rattibor«, sagte Rattussi. »Das war aber nicht sehr nett.«

»TORTÄÄ!«, brüllte Rattibor wütend. »TORTÄ-Ä-Ä-Ä!«

»Oh je. Er ist enttäuscht. Er will unbedingt ein Stück Sahnetorte«, sagte Rattussi. »Gibt es vielleicht noch eins im Müllsack?«

»Gut möglich«, antwortete Picandou kühl. Er zupfte sich die Krümel aus den Barthaaren.

Gruyère drückte seine Pfote. »Schau doch mal nach, Schatz. Der Arme ist ja ganz außer sich.«

Picandou seufzte. Dieser kleine Schreihals tanzte allen ganz schön auf der Nase herum. Er war froh, dass er jetzt einen Grund hatte, den Kleinen loszuwerden. Er setzte Rattibor, der noch immer »TORTÄÄ, TORTÄ-Ä-Ä« brüllte, auf den Boden, trippelte hinüber zum Müllsack und durchwühlte ihn nach einem Krümel Sahnetorte. Dazwischen warf er besorgte Blicke hinauf zu Frau Fröhlichs Wohnung. Hoffentlich würden die anderen die kleine Nervensäge schnell zum Schweigen bringen.

Doch Rattibor war erfinderisch. Er hörte zwar auf zu schreien, hielt aber stattdessen die Luft an.

Seine Mutter, die das schon zu kennen schien, rief: »Rattibor, Schätzzchen, hör sssofort mit dem Unsssinn auf!«

Rattibors Gesicht lief rot an.

»Onkel Picandou sssucht gerade ein schönes Ssstückchen Sssahnetorte für dich«, versprach Rattila.

Aber Rattibor hörte nicht auf. Sein Gesicht nahm jetzt ein zartes Lila-Blau an.

»Beeil dich, Picandou«, rief Gruyère.

»Wenn er nicht gleich damit aufhört, fällt er in Ohnmacht«, sagte Rattussi.

»Ssso ist er, mein Sssohn. Er weisss eben, wasss er will«, fügte Rattila nicht ohne Stolz hinzu.

Ohnmacht wäre gar nicht mal so übel, dachte Picandou. Es wäre sogar ziemlich gut. Er beschloss sich mit der Suche noch mehr Zeit zu lassen und trödelte herum. Da aber reichte ihm eine junge Rattendame ein Stückchen Sahnekuchen und Picandou, der nicht so tun konnte, als hätte er sie nicht bemerkt, blieb nichts anderes übrig, als es Rattibor zu bringen.

Der schnappte nach Luft und schenkte Picandou ein breites, zahnloses Lächeln. Selbst Picandou musste zugeben, dass es hinreißend aussah. Da riss ihm Rattibor das Tortenstückchen aus den Pfoten und sprang, bevor Picandou es verhindern konnte, wieder auf seinen Schoß. »Tortä! Tortä!«, gurrte er dabei und schmiegte sein klebriges Sahneschnäuzchen an Picandous Fell.

»Wie sssüsss – er mag dich wirklich! Sssogar sssehr«, schnurrte Rattussi.

Picandou wischte sich die Sahne vom Fell und seufzte leise. Er schaute zum Himmel hinauf. Der Mond war schon fast hinterm Dach verschwunden. Das bedeutete,

dass die Ratten bald zum Hafen aufbrechen mussten, und dann war er diesen kleinen Quälgeist endlich los. Hauptsache, sie verpassten nicht das Schiff. Er, Picandou, würde jedenfalls dafür sorgen, dass sie rechtzeitig loskamen.

»Wo geht denn die Reise diesmal hin, wenn ihr wieder an Bord seid?«, fragte er, um das Gespräch schon mal in die richtige Bahn zu lenken.

»Ich glaube, nach Lettland und dann nach Russland«, antwortete Rattila.

»Das klingt nach einer längeren Reise«, stellte Picandou erleichtert fest.

»Und wo kommt ihr gerade her?«, fragte Bertram.

»Zzzuletzt waren wir in Afrika und dann in der Sssüdsssee«, sagte Rattussi. »Viel kriegt man unter Deck natürlich nicht davon mit.«

»Einigesss schon«, unterbrach ihr Mann. »Unssser Ratterich und ich, wir haben neulich sssogar fliegende Fische gesssehen.«

»Fliegende Fische? Das klingt wie fliegende Hamster. So etwas gibt's doch nich!«, rief Pomme de Terre.

»Oh doch. Und die fliegen tatsssächlich«, pflichtete ihm Rattussi bei.

»Und am Äquator«, fuhr Rattila fort, »gibt's Insssekten – oh Mann – die sssind fassst ssso groß wie du und ich.« Er deutete auf Pomme de Terre. »Ich sssage dir, Dinge gibt'sss, die gibt'sss nicht.«

Bertram seufzte. »Die würde ich ja auch gerne sehen«, lispelte er. »So ein bisschen Abenteuer wäre jetzt genau das Richtige.«

»Ach, esss issst aber auch schön, endlich mal wieder in der alten Heimat zzzu sssein«, fügte Rattussi hinzu. »Da merkt man erssst, wie sssie einem fehlt.«

»Müsst ihr nicht bald zurück?«, fragte Picandou betont beiläufig. »Ich meine, damit ihr rechtzeitig an Bord kommt, bevor es hell wird.«

Der Mäuserich hatte inzwischen öfter versucht, Rattibor unauffällig von seinem Schoß zu schieben, der Kleine aber schien wirklich einen Narren an ihm gefressen zu haben und krabbelte wieder rauf. Nur um gleich darauf seine Sahnepfötchen an Picandous Fell abzuwischen.

Picandou warf erneut einen Blick zum Himmel. Der Mond war inzwischen ganz verschwunden, und das bedeutete, dass es bald dämmern würde.

»Morgen Mittag ssstechen wir wieder in Sssee …«, antwortete Rattila und nickte der kleinen Delegation wohlwollend zu, die gerade mit mehreren Armen voller Schokoladenreste auf sie zusteuerte. Es waren die letzten Reste aus dem Müllsack. Picandou, dessen Magen immer noch knurrte, nahm sich ein Stück Schokolade und merkte erst, als er es schon im Mund hatte, dass er eine Alkoholpraline erwischt hatte. Mit so etwas hatte er schon einmal sehr schlechte Erfahrungen gemacht, deswegen spuckte er den Bissen sofort wieder aus.

Diesmal war die Wirkung nur ganz leicht – und angenehm beruhigend. Er entspannte sich und auf einmal war ihm sogar Rattibor, der immer noch auf seinem Schoß saß und sich an ihn kuschelte, egal. Naja – fast egal.

Er schloss kurz die Augen und merkte deswegen auch nicht, wie Rattibor sich das ausgespuckte Pralinenstück in den Mund schob.

»Sorgt nur dafür, dass alle wieder aufräumen«, murmelte der Mäuserich Rattila zu.

Rattila hob träge eine Pfote und machte eine wegwerfende Bewegung. »Aufräumen! Aber zzzackizzzacki!«, rief er seiner Crew zu.

Die Rattenschar gehorchte sofort. Sie stießen sich gegenseitig an und grölten wieder aus voller Kehle:

Essen fressen,
Essen fressen,
rülpsen, furzen
nicht vergessen!

Dabei falteten sie die Überreste des Müllsacks ordentlich zusammen.

Rattibor war aufgesprungen und hüpfte zwischen ihnen hin und her. Dabei sang er vergnügt: »TORTÄ! TORTÄ!«

Die Stimmung wurde immer ausgelassener. Selbst Bertram tanzte mit und wackelte dabei kräftig mit dem Po.

Picandou beobachtete schläfrig das Treiben. Etwas fehlte – ja, richtig, der Kleine hatte endlich aufgehört zu singen, dachte er erleichtert … Und dann ging plötzlich ein Licht in einer Wohnung an. Nicht bei Frau Fröhlich, sondern in dem Stockwerk darüber.

Pomme de Terre sprang als Erster auf. »Achtung!«, rief er. »Alle Mann in Deckung! Los, schnell, schnell! Weg hier!«

Rattila war sofort auf den Beinen und rief seine Leute zusammen. »In Zweierreihen aufstellen! Dalli! Dalli!«

Die Ratten sprangen herbei und stellten sich in etwas unordentlichen Zweierreihen auf. Rattussi und Rattila verabschiedeten sich hastig von ihren Freunden, dann setzte sich die Karawane in Bewegung. Artig und schnell marschierten die Ratten davon.

»Dasss tut mir man echt leid«, rief Rattila über seine Schulter, bevor er durch die Toreinfahrt verschwand. »Da ist die Gang doch etwas übermütig geworden.«

Das Fenster wurde aufgerissen. Eine Gestalt lehnte sich hinaus und spähte hinab in den Hof. Die Muskeltiere

duckten sich hinter den Blumentopf, an dem sie gesessen hatten, und beobachteten die letzten Ratten, die gerade davonhuschten.

»Das wäre fast schiefgegangen«, flüsterte Gruyère, nachdem oben das Fenster wieder geschlossen wurde. Sie warteten noch einen Moment und schlüpften dann durch das Abflussrohr zurück in den Keller. Erst als Picandou bereits im Bett lag, fragte er sich, ob er das Sieb wieder über den Abfluss geschoben hatte. Aber er war zu erschöpft, um nochmals nachzusehen.

Was für eine Nacht, dachte er, bevor er einschlief. Ein Glück, dass die Rattenbande morgen wieder in See stach.

Kapitel 3

Ein böses Erwachen

Picandou war kaum eingenickt, als ihn etwas aus dem Schlaf riss. Er blinzelte, denn die Sonne warf einen staubigen Strahl in die Höhle unter der Treppe. Picandou lauschte. Das hohe Piepsen kam eindeutig aus dem Keller. Es klang wie eine Maus in Not, eine sehr kleine noch dazu.

Picandou spitzte die Ohren und auf einmal hörte er, was die Stimme da rief: »Tortä! TO-O-ORTÄ!«

Sein Herz rutschte in seinen Bauch. Ihm war sofort klar, wer das war. Waren die Ratten etwa schon wieder zurückgekehrt?

Er musste also doch vergessen haben, das Sieb über den Abfluss zu schieben.

Oben näherten sich Schritte. Vielleicht hatten Margarethe und Frau Fröhlich die Piepserei auch gehört?

Die Kellertür wurde aufgestoßen und Margarethes schwere Schritte kamen die Stufen hinab. Das Piepsen verstummte kurz, begann aber gleich von Neuem.

Picandou schlich zum Höhleneingang und spähte hinaus. Er sah Margarethes üppiges Hinterteil. Es war über das Waschbecken gebeugt. Sie drehte gerade den Wasserhahn auf. Es gurgelte im Abfluss und das Piepsen verstummte.

Von der Kellertür aus rief Frau Fröhlich: »Was ist denn los?«

»Die Wasserleitung pfeift«, antwortete Margarethe. Sie drehte den Hahn wieder zu. »Jetzt nicht mehr. Das hat gewirkt. Da war wohl etwas zu viel Luft drin«, fuhr sie fort und kletterte die Stufen wieder hinauf.

»Du hast aber auch feine Ohren«, sagte Frau Fröhlich. Dann wurde die Kellertür geschlossen und ihre Stimmen entfernten sich. Picandou lauschte noch einen Moment, und als sich nichts rührte, trippelte er zum Waschbecken hinüber, kletterte die Kisten hinauf und spähte in das dunkle Abflussloch. Hoffentlich waren die Ratten nicht ertrunken, als Margarethe das Wasser laufen ließ.

»Hallo!«, rief er leise. Niemand antwortete, deshalb quetschte sich Picandou in den Abfluss und hangelte sich durch das Rohr. Plötzlich stieß er mit dem Fuß gegen etwas Weiches. Kläglich murmelte es: »Törtäää … «

Es war stockdunkel. Vorsichtig tastete Picandou sich vor, bis er eine kleine Pfote spürte. »*Rattibor!?* Sind die anderen auch hier?«

»Papa Pikatu«, antwortete Rattibor erleichtert. »Papa Pikatu!«

Das Wort Papa überhörte Picandou lieber. »Rattila?«, rief er in die Dunkelheit hinein. »Rattussi? Hallo? Ist noch jemand da?«

Niemand antwortete, auch nicht als Picandou ein zweites Mal rief. Das Rattenbaby war eindeutig allein. Picandou packte es an der Pfote und zog es mit sich das Abflussrohr hinauf.

»Wo sind deine Mama und dein Papa?«, fragte Picandou, während er das pitschnasse Rattenbaby hinauf ins Waschbecken bugsierte.

Rattibor zuckte mit den Achseln. Er hatte eine leichte Alkoholfahne.

»Bist du etwa allein?«

Rattibor nickte eifrig. Plötzlich kam Picandou ein ziemlich schrecklicher Gedanke. Der Kleine hatte wahrscheinlich etwas von der Alkoholpraline gegessen und musste daraufhin eingeschlafen sein.

»Sind die anderen etwa ohne dich abgereist?«, fragte er.

Rattibor nickte wieder. »Tortä«, seufzte er betrübt.

Picandou seufzte auch, aber aus einem ganz anderen Grund.

»Also, dann komm mit«, flüsterte er. »Aber *ganz* leise.«

Er hob Rattibor auf seine Schultern und kletterte mit ihm die Kisten hinunter. Rattibor war leicht wie ein Tortenkrümel, und als Picandou ihn unten absetzte, sprang er behände hinter ihm her.

Picandou weckte die anderen Muskeltiere, schließlich konnte und wollte er das Rattibor-Problem nicht alleine lösen und es musste so schnell wie möglich gelöst werden, so viel stand fest.

»Hat Rattila nicht gesagt, dass sie erst mittags in See stechen?«, fragte Gruyère. Rattibor hatte sie mit einem überschwänglichen »TORTÄ« begrüßt, als er und Picandou die Höhle unter der Treppe betraten.

Gruyère fütterte ihn mit ein paar Krümelchen und Bertram spielte Hoppe-Hoppe-Reiter mit ihm.

Währenddessen beratschlagten Pomme de Terre und Picandou, wie sie den Passagierhafen möglichst schnell erreichen konnten.

»Am besten reisen wir unterirdisch«, sagte Pomme de Terre. »Das is unter den Umständen am sichersten.« Er deutete auf das Kellerfenster, durch das immer noch der Sonnenstrahl fiel.

Picandou kratzte sich am Kinn. »Am sichersten vielleicht, aber nicht besonders angenehm«, antwortete er, aber weil ihm auch nichts Besseres einfiel, stimmte er Pomme de Terre schließlich zu.

Kapitel 4

Die tanzende Torte

Auch die anderen waren mit Pomme de Terres Plan einverstanden. Sie legten ihre kleinen Cocktailspieß-Degen an und Picandou kletterte noch einmal schnaufend zum Waschbecken hinauf. Rattibor protestierte heftig, als er begriff, dass er wieder in das schwarze Loch klettern sollte, und Bertram musste ihm schnell den Mund zuhalten,

sonst wäre Margarethe wahrscheinlich ein zweites Mal die Treppe hinuntergekommen.

»Wenn du ein Stück Torte haben willst, musst du da durch«, zischte Picandou dem Rattenkind ins Ohr und zeigte auf den Abfluss. »Torte gibt es nur auf der anderen Seite. Aber du musst ganz leise sein und tun, was ich dir sage, sonst gibt's keine Torte. Kapiert?«

»Tortä?« Rattibor deutete ebenfalls auf den Abfluss und seine Knopfäuglein strahlten.

Picandou nickte. »Tortä«, wiederholte er.

Das wirkte. Rattibor rutschte artig ins Rohr hinein und ließ sich von den Muskeltieren durch die Dunkelheit schieben und tragen, bis sie endlich den Innenhof erreichten.

Picandou blinzelte gegen das grelle Licht und spähte vorsichtig über den Hof, bevor er hinauskletterte. Er hatte in der Eile tatsächlich vergessen, das Sieb über den Abfluss zu schieben.

Die anderen folgten und huschten erst einmal in Deckung hinter den Blumentopf und sahen sich um. Die Morgensonne beschien eine Wand und die Pflastersteine und der Hof lagen zum Glück verlassen da.

»Bleibt am besten dicht hinter mir«, flüsterte Pomme de Terre. »Und mach ja keinen Mucks«, fügte er mit einem strengen Blick auf Rattibor hinzu.

Der Kleine nickte eifrig. Dieses Spiel machte ihm Spaß.

Plötzlich blieb er wie angewurzelt stehen und sah Picandou fragend an. »Tortä?«

»Gleich«, sagte Picandou leise. Sie schlichen an der Hauswand entlang zur Toreinfahrt. Immer wieder

blieb Pomme de Terre stehen und lauschte. Doch es rührte sich nichts und niemand. Selbst die Deichstraße lag noch verlassen da.

»Hier lang«, flüsterte Pomme de Terre und deutete auf einen Gullideckel. »Hier müssen wir runter.«

»Tortä?« Rattibor sah sich ungeduldig um, denn die versprochene Torte war nirgends zu entdecken.

»Jaja«, flüsterte Picandou. »Jetzt komm schon.«

Die Muskeltiere flitzten hinüber zum Gulli. Gruyère und Bertram hatten Rattibor zwischen sich an den Pfoten genommen, doch als der begriff, dass er durch das nächste schwarze, noch gruseligere Loch klettern sollte, wo es bestimmt wieder keine Sahnetorte gab, wand er sich aus ihrem Griff und flitzte zurück zur Toreinfahrt.

»TORTÄ!«, brüllte er entrüstet. Pomme de Terre rannte hinter ihm her und packte ihn am Kragen. »Das reicht!«, sagte er streng und schleppte Rattibor zurück zum Gullideckel. Doch der hielt die Luft an.

»Nicht das schon wieder«, stöhnte Picandou. »Dafür haben wir jetzt echt keine Zeit.«

Rattibor lief schon rot an.

»Achtung, da kommt jemand!« Bertram deutete die Straße hinab. Ein älterer Herr ging langsam den Bürgersteig hinauf.

»Los, beeilt euch!« Pomme de Terre hatte Rattibor an Gruyère weitergereicht und kletterte behände durch das Gulliloch.

Rattibor lief jetzt blau und lila an. Er strampelte so heftig in Gruyères Armen, dass er ihr fast wegrutschte.

»Ich glaube, er hat Angst«, sagte Gruyère, während sie versuchte Rattibor festzuhalten. »So kommen wir unmöglich den Schacht hinunter. Das wird zu gefährlich. Wir müssen eine andere Lösung finden.«

Der Fußgänger kam immer näher. Sie durften keine Zeit mehr verlieren. Gruyère sah sich um, dann huschte sie samt dem um sich schlagenden Rattibor unter ein parkendes Auto. Die anderen sprangen hastig hinterher, denn der Fußgänger hatte sie fast erreicht.

»So wird das echt nix«, knurrte Pomme de Terre, der sich schnell wieder aus dem Gulli gehievt hatte und als Letzter unters Auto raste. Ihm riss langsam, aber sicher der Geduldsfaden. »Wir können uns doch nich von diesem Bengel auf der Nase rumtanzen lassen.«

»Da bin ich ganz deiner Meinung«, sagte Picandou, der froh war, dass wenigstens einer so vernünftig war wie er selbst.

Gruyère schüttelte den Kopf. »Ihr habt beide keine Ahnung von Kindererziehung«, sagte sie. »Wir können ihn doch nicht zwingen, da hinunter in die Dunkelheit zu steigen, wenn er Angst davor hat.« Sie warf Picandou einen vorwurfsvollen Blick zu. »Und das mit der Torte war echt unfair. Ich jedenfalls mache da nicht mit. Rattibor und ich nehmen den Landweg.«

»Du kannst doch unmöglich allein … «, begann Picandou.

»Ganz meine Meinung«, unterbrach Bertram. »Ich begleite die beiden und beschütze sie.«

Gruyère warf ihm ein dankbares Lächeln zu. »Das würdest du tun?«

Bertram verneigte sich galant und Gruyères Lächeln wurde noch breiter.

»Na toll! Und wir sind also die Weicheier, oder was?«, knurrte Picandou.

»Das hast du gesagt und nicht ich«, antwortete Bertram.

Picandou schnappte nach Luft. Dieser kleine Tyrann schaffte es, auch noch die Muskeltiere auseinanderzubringen. So ging es ja nun gar nicht. »Dann, dann … «

»Dann reisen wir halt alle über Land«, beendete Pomme de Terre seinen Satz. »Trennen kommt nich in die Tüte. Entweder alle oder niemand.«

Rattibor hatte aufgehört die Luft anzuhalten, neugierig lauschte er der Diskussion. Auch wenn er nicht verstand, um was es ging, so merkte er doch, dass Picandou ziemlich sauer war, und streckte ein Pfötchen nach ihm aus.

Picandou tat so, als bemerke er das nicht. »Wir begeben uns nur unnötig in Gefahr wegen diesem verwöhnten Balg«, sagte er düster.

Doch die anderen beachteten ihn nicht. Sie beratschlagten gerade, in welche Richtung sie laufen sollten. Da Gruyère von allen das beste Ortsgedächtnis hatte, war schnell entschieden, dass sie den Weg suchen sollte.

Sie streckte das Schnäuzchen in den Wind, schnupperte und überlegte. »Hinunter zum Kanal. Wenn ich mich recht erinnere, geht es da lang«, sagte sie, nachdem sie einen Moment mit geschlossenen Augen nachgedacht hatte.

Die anderen folgten ihr, sie trippelten an den Hauswänden entlang, duckten sich in Einfahrten und hinter Treppenabsätze, wenn ein Mensch ihnen entgegenkam, und erreichten auf diese Weise endlich eine große, befahrene Straße. Rattibor protestierte zum Glück nicht, sondern lief brav mit. Er warf Picandou ab und zu besorgte Blicke zu. Er schien zu spüren, dass Papa Pikatu noch immer ziemlich stinkig war.

An der nächsten Kreuzung blieb Gruyère noch einmal stehen und sah sich zögernd um. Die Straße war sehr befahren und es waren auch mehr Menschen unterwegs.

»Nach rechts, glaube ich«, sagte sie und zeigte auf eine Reihe parkender Autos. »Dort entlang. Wir laufen hier runter. Da sieht uns keiner.«

Die Muskeltiere huschten unter einen der Wagen und trippelten dann von einem Auto zum nächsten. Gruyère behielt recht, niemand bemerkte die Nager und so kamen sie schnell voran.

Picandou war insgeheim sogar ganz froh, dass sie nicht durch den stinkenden Morast der Gullischächte waten mussten. Sie überquerten wieder eine Kreuzung und hatten gerade die nächste Reihe parkender Autos erreicht, als Rattibor plötzlich erstarrte und hinüber zu den Häusern blickte, die den Bürgersteig säumten.

»Dadada!«, rief er aufgeregt und hüpfte wie ein Gummiball auf und ab. Dabei zeigte er mit seinem Pfötchen auf ein Geschäft. Die Ladentür stand offen und ein warmer, weicher Duft nach Gebackenem waberte zu ihnen herüber.

Aber das war es nicht, was Rattibor so erregte, sondern etwas, das sich im Schaufenster befand. Dort stand, zwischen hochgetürmten Tellern mit Brezeln und Spritzgebäck, eine riesige weiß-rosa Sahnetorte mit einem Brautpaar obendrauf. So eine riesige Torte hatten selbst die Muskeltiere noch nie gesehen.

Rattibor glühte, seine Augen waren so groß wie zwei schwarze Mantelknöpfe und dann, bevor ihn jemand stoppen konnte, raste er hinüber zum Geschäft und stürzte durch die offene Tür.

»Oh nein«, rief Gruyère. »Rattibor. Komm zurück. Bitte!«

Sie wandte sich an Picandou. »Tu etwas. Schnell! Du bist der Einzige, auf den er hört.«

Und weil Picandou seiner Gruyère nichts abschlagen konnte, raste er Rattibor hinterher. Doch der war, trotz seiner geringen Körpergröße, erstaunlich schnell. Er hatte noch vor Picandou den Laden erreicht und war hinter der Tür verschwunden.

Der Mäuserich zögerte, als er völlig außer Puste den Eingang erreichte, und sah sich um. Der Vorraum war leer und mit etwas Glück konnte er die kleine Ratte beim

Schlawittchen packen und schnell wieder hinausbefördern, ohne dass ein Mensch etwas davon mitbekam. Rattibor kletterte gerade die gestufte Zierleiste zur Schaufensterauslage hinauf, balancierte den Holzaufsatz entlang, der die Auslage vom Laden trennte, und sprang mit einem glücklichen »TORTÄ!« mitten in die Sahnetorte hinein.

Picandou wurde schwummerig vor Schreck. Er schloss die Augen – aber nur sehr kurz –, um sich zu fassen. Dann riss er sich zusammen, stemmte sich die Zierleiste hinauf und balancierte zitternd und ohne hinabzuschauen den Holzaufsatz entlang, bis er direkt über der Torte stand.

»Komm sofort da raus!«, rief er Rattibor zu. »Hörst du? Sofort! Sonst setzt es was!«

»Papa Pikatu!«, krähte Rattibor und winkte mit einem weißen Pfötchen, während er sich mit dem anderen die Sahne in den Mund stopfte. Er war über und über beschmiert und sah selbst wie ein Sahnetörtchen aus – ein sehr kleines Sahnetörtchen mit Knopfaugen.

»Raus da!«, brüllte Picandou. Er zitterte vor Wut. Dieser kleine Rotzlöffel raubte ihm noch den letzten Nerv.

Plötzlich fiel ein Schatten durch die Tür und eine Frau und ein kleines Mädchen betraten die Bäckerei. Picandou erschrak so sehr, dass er das Gleichgewicht verlor. Er ruderte mit den Armen, versuchte sich zu halten – aber vergeblich. Er plumpste in die Tiefe – mitten hinein in die Sahnetorte!

»Papa Pikatu!«, gurrte Rattibor und strahlte ihn an. Er tippte Picandou, der fast bis zum Hals in der Sahne versunken war, liebevoll auf die Nasenspitze und hinterließ dort einen weißen Tupfer. Picandou versuchte verzweifelt sich aus der Sahne zu befreien, während Rattibor freudig auf und ab hüpfte.

»Schau mal, Mama«, sagte das kleine Mädchen. »Die Dekoration auf der Torte tanzt. Sie sieht ganz echt aus.«

Die Mutter schaute hinüber. »Sie ist echt!«, rief sie. »Schauen Sie mal!«

Sie wandte sich an die dicke Verkäuferin, die gerade aus der Backstube gekommen war. Die beugte sich über den Holzaufsatz und stieß einen Schrei aus.

»Das gibt's doch nicht!« Sie schlug die Hände vors Gesicht. »Wo kommen die denn her?!«

»Woher soll ich das wissen«, antwortete die Mutter

spitz. »Aber ich glaube, wir suchen uns mal lieber eine andere Bäckerei.«

Die restlichen Muskeltiere, die noch immer unter einem Auto hockten, hatten alles aus der Ferne mitverfolgt. Sie waren alle drei erbleicht, als die Mutter mit der Tochter den Laden betrat.

»Wir müssen Picandou warnen«, rief Gruyère, aber schon im nächsten Moment musste sie mit ansehen, wie er in die Torte fiel. Sie wusste sofort, es war zu spät.

Die Muskeltiere beobachteten, wie Mutter und Tochter kurz darauf den Laden verließen, und auch, wie die Verkäuferin verschwand.

»Kommt«, flüsterte Bertram und lief mit gezücktem Degen los. Doch noch bevor er den Laden erreicht hatte, kehrte die Verkäuferin schon wieder zurück. Sie trug einen riesigen blauen Müllsack in der einen und Kehrschaufel und Besen in der anderen Hand. Mit Kehrschaufel und Besen beförderte sie die Torte in den Müllsack, band ihn zu und schlug dann wütend auf den Sack ein.

Fassungslos sahen die Muskeltiere zu.

Gruyère kniff die Augen zu. »Oh nein!«, rief sie. Tränen blitzten in ihren Augen. »Wir müssen sie stoppen …«

Sie wollte gerade loslaufen, da hielt Pomme de Terre sie fest. »Da können wir nichts mehr tun«, murmelte er. »Wir werden höchstens miterschlagen.«

»Das ist mir egal«, schluchzte Gruyère und versuchte sich loszureißen.

Pomme de Terre zog sie in die Arme. »Bitte bleib hier. Schau nicht hin!«

Gruyère drückte ihre Schnauze an seine Schulter. Tränen kullerten hinab. Sie konnte den Albtraum, der sich da gerade vor ihren Augen abspielte, nicht mitansehen.

Auch Bertram war wie gelähmt. »Wie können Menschen nur so entsetzlich gemein sein«, flüsterte er. »Und so brutal.«

Kapitel 5
Tiefschlag

Rattibor krabbelte langsam aus der Torte. Die Schläge hatten ihn tief in den Tortenboden hineingetrieben, so wie einen Nagel in eine sehr weiche Wand. Er sah sich suchend um. Papa Pikatu war nirgends zu entdecken. Wo steckte er nur?

Es war sehr dämmerig in der Tüte und ziemlich stickig, aber es roch wunderbar. Zwischen den Tortenresten lagen Krümel, Eierschalen und zwei sehr kleine Menschen. Rattibor erschrak, als er die Menschen sah. Die Frau trug ein langes weißes Kleid und der Mann einen schwarzen Anzug. Sie hielten sich an den Händen und schliefen in der Sahnetorte, denn sie bewegten sich nicht. Oder hatten die Schläge sie etwa erledigt?

Vorsichtig schlich Rattibor an ihnen vorbei. Er wusste jetzt, dass man bei Menschen sehr vorsichtig sein musste. Seine Eltern hatten ihm das zwar, seit er denken konnte, eingeschärft, aber nun hatte die Frau aus dem Laden es ihm auch ganz deutlich bewiesen.

Er wollte gerade nach Picandou rufen, da fiel sein Blick wieder auf die kleinen Menschen. Die wollte er, falls sie noch am Leben waren, auf keinen Fall wecken. So leise wie möglich huschte er über die Tortenwüste. Hier und da blieb er stehen und steckte sich noch etwas Sahne in den Mund. Ansonsten suchte er den Müllsack weiter nach Picandou ab. Vergeblich, der graue Mäuserich war nirgends zu finden. Immer wieder blieb Rattibor stehen und steckte sich zur Stärkung noch ein Pfötchen Sahnetorte in den Mund. Sein Bauch war zum Platzen voll und gluckerte merkwürdig. Und dann spürte er, wie die Übelkeit in ihm hochstieg. Hatte er vielleicht zu viel Sahne gegessen?

»Mama«, seufzte er kläglich und vergaß dabei die kleinen Menschen. »Mama-Mama.«

Doch niemand antwortete. Wieder sah Rattibor sich suchend um, bis sein Blick auf etwas Rosafarbenes fiel, das neben einer Kirsche im Tortenboden steckte und das er bisher nicht bemerkt hatte.

»Hört zu«, sagte Bertram, der mit seinen Kollegen noch immer unter einem weißen Ford hockte. Sie waren alle drei benommen und zitterten am ganzen Körper. »Wir müssen zu ihnen. Vi-vielleicht leben sie ja noch.« Leise fügte er hinzu: »Die Hoffnung stirbt zuletzt.«

Gruyère schossen wieder Tränen in die Augen. »Ja«, flüsterte sie. »Wir müssen zu ihnen.«

Pomme de Terre nickte Bertram zu. Er musste etwas tun, egal was. Das war tausendmal besser, als hier herumzusitzen und zu warten. Er rieb sich die Nasenspitze.

»Die Ladentür is zu gefährlich. Das is schon mal klar«, sagte er und deutete auf die Verkäuferin, die sich gerade über die Schaufensterauslage beugte, um dort einen neuen Kuchen abzustellen. »Aber eines weiß ich aus der *Dicken Seejungfrau*, jeder Laden hat eine Hintertür. Der hier bestimmt auch und vielleicht hat die Verkäuferin den Müllsack genau wie Frau Fröhlich dort abgestellt.«

Das leuchtete ein und deswegen witschten die drei Muskeltiere schnell durch die Toreinfahrt neben dem Laden und sahen sich um. Fenster gingen auf den kleinen Hinterhof, eine Tür aber war nirgends zu entdecken.

»Am besten ist, wir verstecken uns hier irgendwo und warten«, sagte Bertram, der versuchte, seine Enttäuschung zu verbergen. »Denn der Müllsack wird garantiert irgendwann rausgebracht.«

»Aber wo wird er denn rausgebracht?«, fragte Gruyère. »Hier ist doch nirgends eine Hintertür.« Ihr Blick glitt über die Klinkerfassade und blieb dann an etwas hängen. Noch bevor sie jemand aufhalten konnte, sprang sie hinüber zum Haus und hangelte sich an den Mauerritzen zum nächstgelegenen Fenster hinauf.

Sie spähte hinein. Hinter der staubigen Scheibe konnte sie einen hohen Raum erkennen. Überall standen Rollwagen mit Backblechen. Auf einigen lagen Kuchen und Brötchen. An einer Wand war ein riesiger Ofen, an der anderen ein großer weißer Schrank und auf einer Arbeitsplatte rollte ein Bäcker gerade den Teig für einen Kuchen aus.

Und dann entdeckte Gruyère ein Zipfelchen von einem blauen Müllsack. Er lag neben der Arbeitsplatte und war fest zugebunden. Das musste der Müllsack sein, in den die Frau die Torte gesteckt hatte.

Gruyère wandte sich zu den anderen um. »Ich hab sie gefunden«, rief sie aufgeregt. Behände sprang sie vom Fenstersims hinab. Sie wusste noch nicht, wie, aber eines war klar, sie mussten in den Laden hinein. Sie mussten wissen, ob Picandou und Rattibor noch lebten oder ob …

Nein, den Gedanken dachte sie lieber nicht zu Ende. »Wir müssen zu ihnen«, flüsterte sie. »Und zwar sofort.«

»Aber wie soll das gehen?« Pomme de Terre schüttelte den Kopf.

Auch Bertram war ratlos. »Ja, wie soll das gehen?«, lispelte er.

»Wir finden schon einen Weg. Wir haben bisher immer einen gefunden«, sagte Gruyère bestimmt.

Pomme de Terre sah sie nicht an. Er dachte daran, mit welcher Wut die Frau zugeschlagen hatte, aber er wollte Gruyère nicht das letzte Fitzelchen Hoffnung nehmen. »Kommt, wir versuchen durch die Ladentür zu kommen.«

Sie trippelten wieder zur Toreinfahrt und spähten vorsichtig hinaus auf die Straße.

»Die Tür ist zu«, sagte Bertram, der den Hals ganz weit vorgestreckt hatte. »Wir müssen warten, bis jemand hineingeht. Aber das kann dauern.«

Ein Lieferwagen bog plötzlich in die Toreinfahrt ein. Die Muskeltiere konnten sich gerade noch rechtzeitig an die Wand drücken, da brauste das Auto auch schon an ihnen vorbei und hielt mit quietschenden Reifen im Hof.

Eine Autotür knallte zu und der Fahrer machte sich am Wagen zu schaffen. Kurz darauf wurde ein Fenster geöffnet.

»Na, da biste ja endlich«, rief eine Männerstimme. »Hab schon auf dich gewartet.«

»Is klar«, knurrte die andere Stimme. »Hier nimm mal.«

Pomme de Terre spitzte um die Ecke. Das Fenster, zu dem Gruyère hinaufgeklettert war, stand offen. Ein dicker Mann mit mehligen Händen und einer weißen Schürze lehnte sich hinaus. Das musste der Bäcker sein. Der Mann aus dem Lieferauto reichte ihm eine grüne Plastikkiste. Die Kiste war mit orange-gelben Milchkartons gefüllt. Das Beste aber war, dass er jetzt noch mehr grüne Kisten auslud und auf dem Boden vor seinem Lieferwagen abstellte.

Pomme de Terre hatte auf einmal eine großartige Idee!

»Los, Leute, folgt mir!«, flüsterte er und lief auf eine der Kisten zu. Hastig huschten die anderen, die gleich begriffen, was er vorhatte, hinterher. Pomme de Terre wählte eine Kiste, die mit einem Tuch bedeckt war, und kletterte hinein. Bertram purzelte als Letzter über den Kistenrand – gerade noch rechtzeitig, denn der Mann war zurückgekehrt und hob nun die Kisten, eine nach der anderen, hoch und trug sie zum Fenster.

Die drei Muskeltiere wurden hin- und hergeschüttelt. Es roch nach Nüssen und Gewürzen, denn unter dem Tuch befanden sich Schalen und Gläser, die damit gefüllt waren.

Mit einem Ruck wurde ihre Kiste abgestellt, und während die beiden Männer noch ein paar Worte am Fenster wechselten, schlüpften die drei Freunde schnell wieder hinaus und sahen sich nach einem guten Versteck um.

»Da runter«, zischte Bertram und deutete mit dem Degen auf einen der Rollwagen, auf dem sich viele Bleche mit Kuchen und Brötchen türmten.

»Nein, gleich zum Müllsack«, rief Gruyère leise, und noch bevor die anderen sie stoppen konnten, sprang sie schon quer durch den Raum auf den Sack zu. In dem Moment schloss der Bäcker das Fenster und wandte sich um. Gruyère konnte gerade noch rechtzeitig in die Kiste mit den Milchkartons springen und sich zwischen die Kartons

klemmen. Die anderen beiden beobachteten aus ihrem Versteck hinter dem Wagen, wie der Bäcker jetzt direkt auf die Kiste zuging und sich hinabbeugte.

»Oh nein«, rief Bertram entsetzt.

Auch Pomme de Terre erblasste unter seinem Fell, als er sah, wie der Bäcker die Kiste anhob und zu einem brummenden weißen Schrank trug.

Rosa-weiße Wölkchen schwammen um Picandou herum, als er erwachte. Sie rochen ganz köstlich. Er streckte die Zunge aus. Die Wölkchen schmeckten eindeutig nach Sahne. Herrlich, dachte er. Sieht so etwa das Mäuseparadies aus?

Hier war es jedenfalls schön, hier konnte er sich vorstellen für immer zu bleiben. Er blinzelte. Die Wölkchen hörten langsam auf zu schwimmen und jetzt merkte er, dass sein Kopf wummerte. Er versuchte sich vorsichtig zu bewegen, aber er war wie festgezurrt. Sein Kopf und sein Körper taten weh. Erschöpft schloss er die Augen. So also fühlte es sich an, wenn man tot war – wie festgezurrt.

»Papa Pikatu-u-u!«, murmelte da ein Stimmchen neben seinem Ohr.

Picandou riss die Augen wieder auf. Ein zahnloses Schnäuzchen, an dem Sahnereste klebten, beugte sich über ihn und strahlte ihn an. »Papa Pikatu«, gurrte es.

Er war also nicht im Mäusehimmel gelandet, sondern in der Mäusehölle, dachte Picandou grimmig. Er versuchte nochmals sich zu bewegen, wieder nichts.

Rattibor zupfte zärtlich an seinen Barthaaren, dass es kitzelte.

»Hör auf damit«, knurrte Picandou.

Aber Rattibor hörte nicht auf.

»Tortä!«, säuselte er ihm ins Ohr und schob noch ein Pfötchen voll Sahne in den Mund. Er war sehr zufrieden mit sich, denn er hatte Picandous rosa Näschen fast ganz ausgegraben. »Papa Pikatu.«

Picandou schloss die Augen. Jetzt erinnerte er sich wieder an die Schläge, die er abbekommen hatte. Sie hatten sehr wehgetan und sie hatten ihn immer tiefer in die Torte hineingedrückt. Deswegen saß er jetzt fest und konnte sich nicht gegen diesen kleinen Quälgeist wehren.

Der flüsterte weiter in sein Ohr. »Papa Pikatu! Tortä, Papa Pikatu?«

»Auf keinen Fall. Hilf Papa Pikatu lieber hier raus«, brummte Picandou. »Und sei endlich still, sonst hört die Frau, dass wir noch am Leben sind. Dann haut sie gleich noch einmal zu.«

Er wand sich hin und her und versuchte sich aus dem Tortenboden zu befreien – doch es half nichts, sein Kopf wummerte nur noch mehr, außerdem saß er bombenfest. Rattibor hörte auf zu flüstern und begann, an Picandous Schnauze und Schnurrhaaren zu zerren und zu zupfen, um mitzuhelfen.

»Aua«, machte Picandou. Schließlich murmelte er bedrückt: »Hör auf. Es hat keinen Zweck. So komm ich hier nicht raus.«

Kapitel 6

Im weißen Schrank

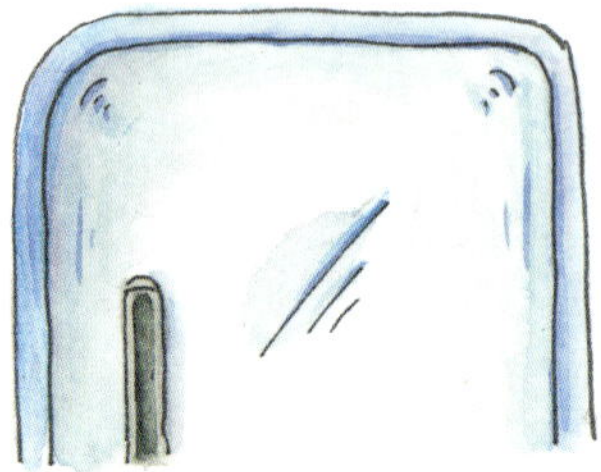

Gruyère hatte sich gerade noch rechtzeitig tief zwischen die Kartons geduckt, als der Mann herüberkam und die Kiste anhob. Ihr Herz klopfte ihr bis zum Hals, als er sie so durch den Raum trug. Sie roch seinen Atem – sein Gesicht musste ganz nah sein. Sie hörte, wie eine Tür geöffnet wurde, ein gleißendes weißes Licht blendete sie und dann knallte die Tür wieder zu. Auf einmal war es stockdunkel. Wo war sie nur gelandet und was hatte das zu bedeuten?

Gruyère wartete noch einen Moment und lauschte. Die Schritte des Bäckers entfernten sich, dann vernahm sie ein Schaben und Rumsen, während auf der anderen Seite der Tür weitergeräumt wurde. Plötzlich erklang Musik.

Vorsichtig kletterte Gruyère aus der Kiste und tastete sich durch den fremden Raum. Es war sehr kalt hier und der Boden unter ihren Pfoten hatte Hohlräume, durch die ihre Zehen abglitten. Sie befühlte den Untergrund etwas genauer. Es mussten Gitterstäbe sein, auf denen sie da balancierte!

Als sich ihre Augen langsam an das Dunkel gewöhnt hatten, bemerkte sie einen dünnen Lichtstreifen am unteren Rand der Tür. Ganz schien dieser Schrank also nicht zu schließen. Vielleicht konnte sie die Tür sogar einen Spalt aufschieben?

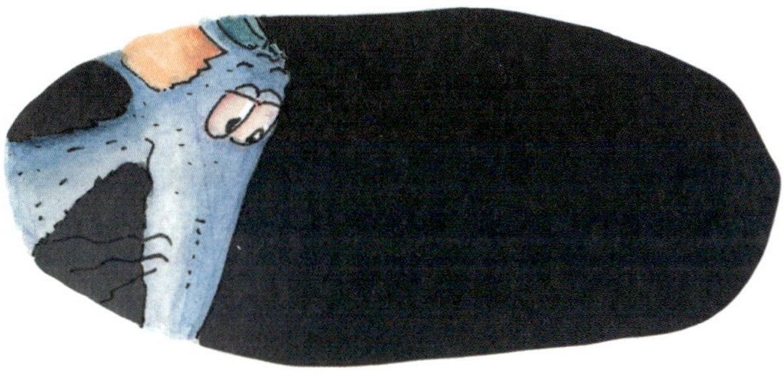

Sie drückte mit aller Kraft dagegen, aber die Tür bewegte sich nicht. Gruyère biss sich enttäuscht auf die Lippe. Es blieb ihr nur eines – sie musste sich gedulden und warten, bis der Mann sie wieder öffnete. Die Frage war nur, wie sollte sie unbemerkt an ihm vorbeikommen?

Nach dem was gerade geschehen war, durfte er sie auf keinen Fall entdecken, denn dann würde sie nicht nur sich, sondern auch die anderen Muskeltiere in Gefahr bringen.

Gruyère kletterte in die Kiste zurück und beschloss zu warten. Vielleicht nahm der Mann die Kiste ja wieder aus dem Schrank. Plötzlich merkte Gruyère, wie sie fror, ihre Pfoten waren schon ganz eisig. Es war wirklich ungewöhnlich kalt an diesem Ort. Sie drückte die Arme fest an ihren Körper, versuchte sich zwischen den Milchkartons zusammenzurollen, um sich zu wärmen, und lauschte. Ab und zu hörte sie die Schritte des Mannes und jedes Mal, wenn sie sich näherten, hoffte sie, dass er gleich die Tür aufmachen würde. Aber er tat es nicht.

Es wurde immer kälter und Gruyère fing an, mit den Zähnen zu klappern. Mit den Pfoten klopfte sie ihren Körper ab, dann begann sie auf und ab zu hüpfen. Das half ein wenig. Sie hüpfte immer schneller und immer höher, bis sie ganz außer Atem war. Beim Hüpfen stieß sie aus Versehen mit den Fußspitzen gegen einen Karton. Der wackelte erst ganz leicht und dann wackelte er noch mehr, als sie wieder dagegenkam, und schließlich kippte er um.

Gruyère erschrak und ging schnell in Deckung. Hatte der Bäcker das vielleicht gehört? Denn dann würde er bestimmt gleich die Tür aufreißen.

Gruyère spitzte die Ohren und wartete. Doch nichts geschah. Aus der Ferne erklang Musik, zu der der Bäcker leise summte.

Plötzlich spürte sie etwas Kaltes, Feuchtes unter ihren Pfoten. Es wurde immer mehr und dann hörte sie ein leises, aber stetiges Tropfen. Es tropfte durch die Gitterstäbe.

Gruyère tastete den Boden der Kiste ab, roch an ihrer nassen Pfote und kostete vorsichtig. War das möglich? Ja, es schmeckte eindeutig nach Milch!

War der umgekippte Karton etwa ausgelaufen? Sie befühlte die beschlagene Pappe und entdeckte kurz darauf das Loch. Tatsächlich, sie musste es beim Hüpfen mit einer Kralle hineingeschlagen haben.

Jetzt war es in der Kiste nicht nur ungemütlich kalt, sondern auch noch nass. Gruyère fror noch mehr, denn mit den Füßen stand sie jetzt in kalter Milch. Sie hüpfte von einem Beinchen aufs andere, um abwechselnd einen Fuß im Trockenen zu haben.

Es war ein schöner Schlamassel, den sie sich da eingebrockt hatte. Picandou und Rattibor hatte sie dadurch auch nicht helfen können. Ob die anderen sie wohl gefunden hatten? Und ob sie wohl … Nein, sie verbat sich weiterzudenken. »Die Hoffnung stirbt zuletzt«, hatte Bertram gesagt und daran klammerte sie sich jetzt.

Die Zeit verging und irgendwann war sie vom Hüpfen so müde, dass sie immer langsamer wurde und schließlich auf den feuchten Boden sank. Dabei stieß sie gegen den umgekippten Karton. Er gab nach, denn er war inzwischen ganz ausgelaufen. Die Milch in der Kiste wurde auch immer weniger. Es tropfte immer noch von den Gitterstäben hinab, und als Gruyère über den Rand spähte, sah sie, wie die Flüssigkeit durch den Lichtstreifen rann. Wahrscheinlich bildete sich gerade

eine ordentliche Milchpfütze vor dem Schrank. Vielleicht würde der Bäcker *das* bemerken …

Gruyère ließ sich wieder in die Kiste sinken. Was sollte sie bloß tun, dachte sie zum x-ten Mal. Sie stieß gegen den Boden des leeren Milchkartons und spürte die zugeklebte Naht. Vielleicht, ganz vielleicht war das die Lösung, dachte sie plötzlich und begann mit den Zähnen an der Naht zu nagen.

Bertram und Pomme de Terre kauerten hinter dem Wagen mit den Backwaren.

»So ne Schiete«, flüsterte Pomme de Terre. »Was'n nu?«

»Na, jetzt müssen wir eben alle befreien. Die Frage ist nur, wen befreien wir zuerst?«, antwortete Bertam und spielte nervös mit dem Knauf seines Degens. Die Muskeltiere hatten schon so einiges gemeistert, aber diesmal steckten sie richtig in der Klemme. Die Sache war selbst Bertram über den Kopf gewachsen, aber das wollte und konnte er vor Pomme de Terre nicht zugeben. Ein Hamster hatte schließlich sein Ehrgefühl und seinen Stolz.

Pomme de Terre wiegte nachdenklich den Kopf. »Vielleicht sollten wir zuerst nach Picandou und dem Hosenpieper gucken«, sagte er schließlich und deutete auf den weißen Schrank. »Denn da kommen wir so ohne Weiteres nich rein. Der is ziemlich solide. Das kenn ich. So'n Ding gab es auch in der *Dicken Seejungfrau*.«

Damit war Bertram sehr einverstanden. Er schielte

vorsichtig am Wagen vorbei und beobachtete den Bäcker, der gerade die restlichen Kisten ausräumte.

»Wir warten, bis er wieder auf die andere Seite geht, dann sprinten wir zum Sack und bohren ein Loch hinein«, lispelte er entschlossen. Er zückte den Säbel. »Bist du bereit?«

Pomme de Terre nickte. Sie mussten trotzdem eine ganze Weile warten, doch endlich ging der Bäcker hinüber auf die andere Seite, genau wie Bertram es vorhergesagt hatte, und machte das Radio an. Musik erklang, der Bäcker summte mit.

»Also, auf die Plätze, fertig, los«, flüsterte Bertram und sprintete in Richtung Müllsack.

In dem Moment ging die Tür auf und die Verkäuferin betrat den Raum. Pomme de Terre erwischte Bertram gerade noch rechtzeitig am Fuß, sonst wäre der unter dem Wagen hervorgewitscht.

»Ich hab grad den Kammerjäger erreicht, Otto«, sagte die Frau. »Er ist in einer halben Stunde hier.«

Bertram knuffte Pomme de Terre in die Seite. »Hast du das gehört? In einer halben Stunde?«, rief er erschrocken.

Pomme de Terre runzelte besorgt die Stirn. Viel Zeit

für zwei Befreiungsaktionen war das wirklich nicht. »Da müssen wir jetzt echt in die Puschen kommen.«

»Ich hoffe, die Kundin zeigt uns nicht an«, fuhr die Frau fort und ging in eine Ecke, wo mehrere Körbe gestapelt waren. »Sonst können wir dichtmachen.«

»Hmpf«, machte Otto, der gerade Teig ausrollte.

Die Frau nahm einen Korb und hielt inne. »Mäusemutter und Junges deutet auf 'n Nest hin.«

»Hmpf«, machte Otto wieder.

»Du hast echt Nerven.« Die Frau klang gereizt. »Wir haben hier irgendwo Mäuse und du denkst nur ans Kuchenbacken.«

Der Mann seufzte. »Lass mich schnell den Geburtstagskuchen für Schildeisens fertig machen«, brummte er. »Der Kammerjäger ist doch eh gleich hier. Die halbe Stunde kannst du dich noch gedulden.«

»Dass hier irgendwo Mäuse sind, scheint dir ja ziemlich egal zu sein«, rief die Frau empört und lief direkt auf den Wagen zu, unter dem die zwei Muskeltiere saßen. »Ich krieg davon jedenfalls 'ne Gänsehaut.«

Bertram und Pomme de Terre kauerten sich noch tiefer unter den Wagen. Sie waren wie erstarrt. Beide ahnten, dass das nicht gerade das tollste Versteck war. Wenn die Frau den Wagen zur Seite rollte, würde sie sie sofort entdecken.

»Immerhin hab ich die Mutter erwischt«, fuhr die Frau fort. Ihre Füße, die in Stricksocken und Gesundheitslatschen steckten, waren jetzt nur wenige Zentimeter von den Muskeltieren entfernt. Sie begann die Brötchen von den Blechen, wo sie auskühlten, in ihren Korb zu werfen. »Das war schon mal gut. Ohne sie überleben die Kleinen sowieso nicht.«

Bertram schüttelte sich. »Sie ist wirklich schrecklich«, murmelte er. »Wie kann man nur so herzlos sein?«

Eine Weile lang blieb es still bis auf das Knuspern der Brötchen, die gegeneinanderprallten. Als sie fertig war, ging die Frau mit dem vollen Korb zum Verkaufsraum.

»Ich mach schon mal Platz für den Kammerjäger«, rief sie über die Schulter.

Plötzlich blieb sie wie angewurzelt stehen. »Aber Otto! Haste die Milch nich richtig in den Kühlschrank gestellt? Da läuft was aus!«

»Natürlich hab ich sie richtig weggestellt«, antwortete Otto und wandte sich um. Er starrte überrascht auf die weiße Lache, die sich vor dem Kühlschrank gebildet hatte. Auch die zwei Muskeltiere unter dem Wagen schauten zum Kühlschrank, aus dem es langsam tropfte.

»Das bring mal wieder in Ordnung«, sagte die Frau und verschwand mit dem Brotkorb im Laden.

Otto grunzte und ging schweren Schrittes zum weißen Schrank. Unmutig riss er die Tür auf.

Bertram und Pomme de Terre erblassten unter ihrem Fell. Sie reckten die Nasenspitzen und versuchten zu erkennen, was dort passierte. Aber sehen konnten sie von ihrem Versteck aus nichts.

Vorsichtig hatte Gruyère die geklebte Naht am Boden des leeren Milchkartons aufgenagt. Sie hatte sehr sorgfältig gearbeitet, hatte, als sie damit fertig war, die Pappe auseinandergebogen und war durch die Öffnung in den leeren Karton geschlüpft. Die Pappecken hatte sie hinter sich zugezogen und hielt sie nun mit ihren kleinen Krällchen von innen fest. Keine Sekunde zu früh, denn schon im nächsten Moment riss jemand die Tür auf. Licht drang durch die Ritzen zwischen den Pappecken und Gruyère hörte eine Stimme, die fluchte. Sie gehörte dem Mann. Die Kiste mit den Kartons wurde angehoben und schwungvoll auf den Boden geknallt. Dabei wurde Gruyère so gegen die Kartonwand geschleudert, dass ihr fast die Luft wegblieb. Hoffentlich klappte ihr Plan. Ihre Pfoten schmerzten schon, so sehr krallte sie sich an die Pappecken des Bodens, aber sie ließ nicht los.

Dann hörte sie, wie etwas Weiches ganz in ihrer Nähe zu Boden fiel. Es folgten Wischgeräusche und schweres Atmen. Wahrscheinlich beseitigte der Mann gerade die Milchpfütze. Kurz darauf näherten sich seine Schritte wieder der Kiste; Gruyère hörte ein kurzes, überraschtes Schnaufen: »Nanu?«

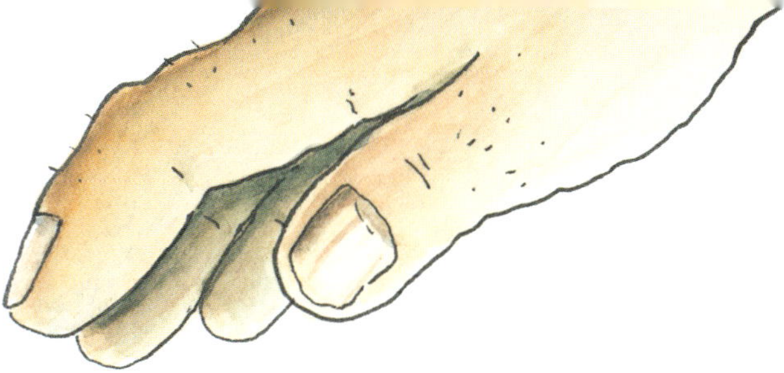

Der Karton, in dem sie versteckt war, wurde angehoben. Der Mann schüttelte ihn und warf ihn durch die Luft. Gruyère verlor den Halt, die Pappecken entglitten ihr und öffneten sich. Helles Licht drang in den Karton, gleichzeitig prallte er gegen etwas Weiches. Gruyère, die in die hinterste Ecke des Kartons geschleudert worden war, hörte ein Rascheln über sich, bevor es wieder dunkler wurde. Blaues Dämmerlicht umgab sie und sie hörte, wie die Schritte des Mannes sich wieder entfernten. Gruyère zählte bis zwanzig, dann krabbelte sie zur Kartonöffnung und spähte hinaus. Sie war in einem Meer aus weißer und rosa Sahne gelandet.

Gruyère lächelte triumphierend. Ihr Plan war aufgegangen! Sie hatte den Müllsack erreicht!

Kapitel 7

Die Befreiung

Lange musste Gruyère nicht nach Picandou und Rattibor suchen. Sie entdeckte die beiden sofort. Picandous Nasenspitze ragte gerade mal so weit aus der Sahne heraus, dass er atmen konnte, und das Rattenbaby, das wie ein Sahnetüpfelchen aussah, saß daneben. Sofort warf sich Rattibor in ihre Arme, als er sie sah.

Auch Picandou konnte es nicht fassen. »Was machst du denn hier?«, flüsterte er. »Haben sie dich etwa auch erwischt?«

Gruyère lächelte und schüttelte den Kopf. Sie hatte wieder Tränen in den Augen, aber diesmal Tränen der Freude. »Ich bin hier, um euch zu befreien«, antwortete sie leise. »Ihr lebt! Ich bin so glücklich.«

»Und ob.« Picandous Schnäuzchen zuckte. Er versuchte seine Rührung zu verbergen. »Aber es wäre beinahe schiefgegangen.«

»Ja, das haben wir befürchtet.« Gruyère verlor keine Zeit und begann ihn sofort auszugraben.

Rattibor setzte sich daneben und schaute zu.

»Wo sind denn die anderen?«, flüsterte Picandou.

»In der Bäckerei«, antwortete Gruyère, die noch immer fleißig schaufelte. Die Torten- und Sahnestückchen flogen dabei durch die Luft und es dauerte nicht lange, da krabbelte der Mäuserich aus dem Tortenboden und schüttelte sich. »Ich werde nie, nie wieder Sahnetorte essen!«, sagte er. »Ich glaube, allein vom Anblick wird mir schlecht.«

Schnell hatten sie eine Ecke des Müllsacks aufgenagt, und als Gruyère vorsichtig hinauslugte, schaute sie direkt in Bertrams überraschtes Gesicht.

»Du!?«, flüsterte er aufgeregt. »Was machst du denn hier?«

»Ich habe Picandou und Rattibor befreit«, flüsterte Gruyère zurück.

»Das ist ja nicht zu fassen!«, rief Pomme de Terre leise. Er spähte über Bertrams Schulter. »Jetzt kommt schnell. Der Kammerjäger wird gleich hier sein.«

Picandou und Rattibor, die mit Krümeln und Sahne beschmiert waren, krabbelten nacheinander aus dem Sack. In dem Moment ging die Tür wieder auf und die Verkäuferin, gefolgt von einem schlaksigen, ganz in Schwarz gekleideten Mann, betrat den Raum. Er hatte einen großen Rucksack dabei und die Muskeltiere ahnten sofort, wen sie da vor sich hatten.

»Der Kammerjäger«, rief die Verkäuferin gut gelaunt.

Otto, der gerade den Kuchen in den Ofen schob, wischte sich die Finger an der Schürze ab, die sich über seinen dicken Bauch spannte, und gab dem Mann die Hand.

»Na dann, ans Werk«, sagte er zu ihm. »Meine Alte hat schon sehnlichst auf Sie gewartet.«

»Wat'n Schiet«, flüsterte Pomme de Terre. Er war blass geworden. Auch den anderen war ganz mulmig zumute.

Der Kammerjäger warf einen prüfenden Blick in die Bäckerei. »Ich schlage vor, sie räumen erst einmal alle Nahrungsmittel hier raus«, sagte er. »Und dann schau ich mich mal gründlich um.«

»Ich schließe vorne schon mal ab«, sagte die Verkäuferin und verschwand im Ladenraum. »Wir kommen hier nicht mehr raus«, zischte Picandou. Panik kroch in ihm hoch, er hatte heute schon mehr als genug durchgemacht und sehnte sich inzwischen nur noch nach seinem Zuhause.

Bertram sah sich um. »Vielleicht öffnen sie ja das Fenster«, flüsterte er zurück. »Dann könnten wir da rausklettern.«

Pomme de Terre schüttelte den Kopf. »Darauf würde ich mich man nicht verlassen. Zum Ausräuchern halten sie die geschlossen.« Er wusste, wovon er redete. Er war schon einmal einem Kammerjäger begegnet und schüttelte sich immer noch bei der Erinnerung daran. Damals hätte er fast sein Leben verloren. Nie würde er den schrecklichen Moment vergessen, als das Giftgas ihn erreichte. Und nun sollte das Gleiche wieder passieren. Er war plötzlich wie gelähmt.

»Vielleicht sollten wir auf so einen Wagen springen und damit in den Laden fahren«, schlug Bertram vor. Doch der Vorschlag kam zu spät, denn Otto und seine Frau nahmen gerade die letzten beiden Rollwagen mit den Backblechen und schoben sie hinüber in den Verkaufsraum. Als Nächstes holten sie die Kisten mit den Lebensmitteln und der Kammerjäger begann, die Fußleisten und Schränke abzusuchen.

Der Raum leerte sich rasch und damit verschwand auch die Hoffnung auf einen Fluchtweg oder ein Versteck. Die Muskeltiere sahen hilflos und ratlos zu. Keinem fiel ein Ausweg ein. Gleich würde der Kammerjäger den Müllsack anheben und sie dahinter entdecken.

Gruyère überlegte fieberhaft – eigentlich gab es nur eine Möglichkeit. »Wir müssen zurück in den Sack«, flüsterte sie den anderen zu.

Picandou protestierte schwach. »Da kriegen mich keine zehn Pferde wieder rein.«

Die anderen aber folgten ihrem Vorschlag und kletterten hinein. Sie begriffen, dass Gruyère recht hatte. Gruyère nahm Picandou an der Pfote und zog den unwilligen Mäuserich hinter sich her.

»Jetzt komm schon«, sagte sie streng.

Unwillig trippelte Picandou ihr schließlich hinterher.

»Alles umsonst«, murmelte er. »Alles, alles umsonst. Jetzt habt ihr unnötig euer Leben für mich und Rattibor geopfert!«

Gruyère schüttelte den Kopf. »Ich bin froh, dass wir es versucht haben.«

Bertram nickte zustimmend. »Schließlich heißt es

doch – einer für alle und alle für einen, oder?« Er räusperte sich und schaute auf die rosa Matschwüste, die vielleicht zu ihrem Grab werden würde. Nach einer kleinen Pause, räusperte er sich ein zweites Mal und fuhr fort: »Liebe Freunde, wenn das unser Ende ist, möchte ich, dass ihr wisst, dass es eine große Ehre war, als Muskeltier an eurer Seite zu dienen. Es war die schönste Zeit meines Lebens.«

Die Muskeltiere blickten einander stumm an.

Pomme de Terre antwortete als Erster. »Einer für alle und alle für einen«, wiederholte er leise.

»Ja.« Gruyère fasste Picandou und Pomme de Terre an den Pfoten und Bertram tat es ihr nach. Rattibor nahmen sie in ihre Mitte. So saßen die vier Pfote in Pfote, als sie spürten, wie der Sack angehoben wurde. Die Muskeltiere und Rattibor purzelten übereinander, die Sahnetorte klatschte über ihnen zusammen und dann wurde der Sack noch höher gehoben und fiel genauso plötzlich in die Tiefe.

»Das war's dann also«, dachte Gruyère.

Mit einem harten Aufschlag landete der Sack wieder auf dem Boden, dann war es still. Langsam krabbelte

Gruyère aus den Tortenresten hervor. Das Licht, das durch das Blau schimmerte, war viel heller als zuvor und die Luft war plötzlich viel kühler.

Es dauerte einen Moment, bis sie begriff, was geschehen war. Jemand hatte den Sack aus dem Fenster geworfen!

Gruyère suchte nach Rattibor und fand ihn unter einem Haufen Sahne. Kurz darauf tauchte Bertram auf und gemeinsam gruben sie nach Picandou und Pomme de Terre. Die beiden waren etwas benommen, denn sie waren unter der Torte und einem Haufen Eierschalen begraben worden. Nun aber rappelten sie sich auf.

»Schnell. Nichts wie weg hier!«, hauchte Picandou und mit letzter Kraft durchstießen sie mit ihren Degen die schwere Plastikfolie. Endlich huschten sie ins Freie und atmeten tief die frische Luft ein, die ihnen entgegenströmte. Noch nie hatte die Freiheit so gut geschmeckt wie heute.

Pomme de Terre spähte hinauf zur Sonne, die schon längst nicht mehr im Zenit stand.

»Wir müssen zum Hafen!«, rief er. »Dann kriegen wir das Schiff noch.«

Picandou wäre am liebsten nach Hause gegangen, aber den kleinen Quälgeist wollte er ganz bestimmt nicht wieder mit zurücknehmen! Also riss er sich zusammen.

Sie huschten durch die Einfahrt auf die Straße und diesmal machte Rattibor

keinen Mucks. Artig lief er hinter den Muskeltieren her. Für heute hatte selbst er genug Sahnetorte gegessen.

In jeder Straße, die zum Passagierschiffshafen führte, parkten Autos dicht hintereinander und so konnten die Muskeltiere ungesehen unter ihnen entlanglaufen.

Gruyère blieb immer wieder stehen und überlegte nur kurz – sie wusste meistens gleich, wo es weiterging. So erreichten sie den Hafen ohne Zwischenfälle.

»Da ist es! Wir haben es geschafft!«, jubelte Bertram, als sie am Zaun angelangt waren, der den Hafen umgab. In der Ferne glitzerte die weite Elbe in der Sonne und hinter dem Hafengebäude lag ein stattliches weißes Schiff mit einem roten Streifen. An seinem Schornstein prangte ein goldener Phönix und darunter zwei Buchstaben. Bertram buchstabierte laut: «El-teh.«

Die Muskeltiere wussten, was sie bedeuteten – *La Traviata*. Sie hatten ihr Ziel endlich und noch rechtzeitig erreicht!

Picandou fiel ein Stein vom Herzen. Vorsichtig sah er sich um. Die Strecke, die zum Kai führte, war menschenleer. Selbst Otto, der Wachhund, der hier manchmal sein Unwesen trieb, war heute nirgends zu entdecken.

»Auf geht's!«, rief Bertram. Schnell schlüpften die Muskeltiere unter dem Maschendraht hindurch und flitzten auf die parkenden Autos zu. Wieder liefen sie von Wagen zu Wagen und näherten sich so dem Kai.

Doch als sie kurz vor dem Hafengebäude waren, rief Pomme de Terre entsetzt: »Schaut mal!«

Rauch quoll aus dem Schiffsschornstein und die Leinen wurden gerade eingezogen.

Picandou wurde blass. »Kommt schnell!« Er nahm Rattibor huckepack, dann raste er los. Die anderen schauten ihm überrascht nach. So schnell hatten sie Picandou noch nie laufen sehen! Er flog ja fast!

Sie folgten ihm am Hafengebäude vorbei und holten ihn erst ein, als sie den Kai erreicht hatten.

Vor ihnen sackte Picandou auf dem Boden zusammen.

Er atmete schwer und starrte erschüttert auf das Schiff, das gerade die Kaimauer entlangfuhr. Rattibor kletterte von seinen Schultern. Er deutete auf den gewaltigen weißen Rumpf, der wenige Meter von ihnen entfernt davonsegelte. Oben an der Reling standen Passagiere und winkten.

»Mama«, rief Rattibor kläglich. »Mama!« Er zeigte immer wieder aufs Schiff. Es steuerte jetzt auf die Mitte des Flusses zu und wurde immer kleiner.

Gruyère legte tröstend einen Arm um das Rattenkind. »Da haben wir ja großes Glück«, sagte sie sanft zu ihm. »Denn dann bleibst du noch ein bisschen bei uns, ja? Es ist sehr schön in unserer Höhle unter der Treppe und es gibt jeden Abend Kuchen. Auch Sahnetorte.«

Das schien Rattibor ein wenig zu beruhigen.

Picandou jedoch beruhigte es ganz und gar nicht. »Na toll!«, japste er. Er rang immer noch nach Luft und versuchte sich wieder zu fassen.

»Du bist mein Held«, flüsterte Gruyère ihm zu. »Wie du gerade gerannt bist! Wie der Wind! Das war einfach großartig! Und nur um unseren Kleinen hier zu seinen Eltern zu bringen.«

Auch Bertram nickte Picandou anerkennend zu und

Pomme de Terre klopfte ihm wohlwollend auf die Schulter.

Picandou schwieg. Der Gedanke, dass sie diesen kleinen Schreihals vorläufig und für unbestimmte Zeit an der Backe hatten, ließ ihn erschaudern. Er hatte alles getan, um ihn loszuwerden, und er war gescheitert. Das war eine bittere Niederlage.

Das Schiff nahm jetzt Fahrt auf und bald war es nur noch ein winziger Punkt auf der weiten Elbe.

»Ich denke, wir sollten nach Hause«, sagte Pomme de Terre. »Ich glaube, wir hatten genug Aufregung für eine ganze Woche, nein, für ’nen ganzen Monat.«

»Allerdings«, lispelte Bertram.

Pomme de Terre stupste ihn in die Seite. »Is nich dein Ernst, Digger? Du kriegst doch nie genug.«

»Doch«, antwortete der Hamster. »*Das* war genug.«

»Sieh einer an.« Pomme de Terre pfiff durch die Zähne und zwinkerte den anderen zu. »Ich hätte ja nie gedacht, dass ausgerechnet du das mal sagen würdest.«

»Jetzt kommt, ihr zwei!«, rief Gruyère. »Wir sollten hier weg, sonst entdeckt uns dieser Otto noch. Ich will heute wirklich kein weiteres Abenteuer mehr erleben.«

Picandou nickte wortlos. Rattibor zupfte an seinem Fell und deutete auf seine Schultern. Unwillig hob er ihn hoch. Wie soll das alles nur weitergehen, dachte er, als sie das Hafengelände verließen.

Weil die Nachmittagssonne noch am Himmel stand, kletterten sie durch den nächsten Gullischacht. Diesmal protestierte Rattibor nicht. Er war überhaupt erstaunlich brav. Ab und zu rülpste er noch einen kleinen Sahnerülpser.

Sie erreichten die Deichstraße ohne Zwischenfälle und fielen erschöpft in ihre Betten. Rattibor kletterte in Picandous Sardinendose und kuschelte sich an ihn.

Picandou war zu müde, um sich zu wehren, und schlief sofort vor Erschöpfung ein. »Was für ein Tag«, dachte er griesgrämig.

Kapitel 8

Wieder vereint!

Irgendetwas weckte Picandou, kaum dass er eingeschlafen war. Er seufzte schwer. Kann man hier nicht mal eine Nacht ein Auge zutun, dachte er, dann hörte er das Geräusch noch einmal.

Es war ein Kratzen und Schaben und es kam aus dem Kellerraum. Picandou versuchte sich aufzusetzen. Etwas Schweres lag auf seiner Brust und hinderte ihn daran. Es war Rattibor. Picandou sah sich verschlafen um. In der Höhle unter der Treppe war es still, bis auf das Sägen und Schnarchen von Bertram und Pomme de Terre. Picandou seufzte nochmals, er musste wohl oder übel wieder ran. Mit einem müden Ruck erhob er sich aus der Sardinendose.

Rattibor purzelte von seiner Brust und wachte auf. Er rieb sich überrascht die Augen. »Papa Pikatu?«

»Jaja«, brummte Picandou. »Schlaf weiter.«

Er schlurfte zum Höhleneingang und versuchte in der Dunkelheit etwas zu erkennen. Es kratzte schon wieder und das Kratzen kam vom Fenster. Viele Nasenspitzen pressten sich gegen die staubige Scheibe. Picandou erstarrte. Träumte er etwa? Das war doch nicht möglich!

»I-ihr!«, stotterte er.

Die Ratten nickten. Sie lächelten nicht, sondern blickten ernst drein. Picandou trippelte zum Fenster. »Wir brauchen eure Hilfe«, rief Rattila und deutete Richtung Innenhof. »Es ist etwas Schlimmes passsiert.«

In dem Moment schlüpfte Rattibor aus der Höhle. Als er die Ratten entdeckte, hüpfte er aufgeregt auf und ab.

»Mama!«, krähte er aus vollem Halse. »MAMA! MAAA-MAAAA!«

Die anderen Muskeltiere wurden davon sofort wach und spähten verschlafen in den Kellerraum. Als sie sahen, wer dort draußen stand, waren sie außer sich vor

Freude. Auch vor dem Fenster entstand eine große Unruhe.

Picandou konnte seine Erleichterung kaum verbergen. Zwar fragte er sich, warum die Ratten hier und nicht auf dem Schiff waren, aber das war in diesem Moment egal. Er nahm Rattibor an die Pfote und hüpfte so schnell er konnte mit ihm zum Waschbecken. Er war glücklich. Alles hatte jetzt doch noch ein gutes Ende gefunden!

Die Ratten erwarteten die Muskeltiere wie üblich am Abfluss im Hof. Gruyère hatte Tränen der Rührung in den Augen, als sie sah, wie Rattussi und Rattila ihren Jüngsten in die Arme schlossen.

Die Geschwister umringten ihn und warfen ihn in die Luft.

»Dasss musss gefeiert werden!«, rief Rattila. »Wie wärsss mit einem schönen Müllsssack!«

Bevor die Muskeltiere etwas sagen konnten, war die Rattengang schon hinübergeeilt und trug den Müllsack in die Mitte des Hofes. Dabei sangen sie ihr Rattenlied:

Essen, fressen,
Essen fressen,
kräftig in die Fresse pressen!

»Wir hatten schon befürchtet, dass ihr längst auf dem Schiff davongesegelt seid«, sagte Bertram, als sie gemütlich neben dem Blumentopf saßen und zusammen zu Abend aßen.

»Wie hätten wir ohne unssseren Jüngsten an Bord gehen können?«, rief Rattussi, die ihren Rattibor noch immer fest an sich drückte. »Nee, nee, da haben wir lieber auf diessse Reissse verzzzichtet.«

»In einer Woche issst dasss Schiff ja wieder zurück«, fügte Rattila hinzu. »Und dasss Bessste issst, bis dahin können wir unsss jeden Abend bei euch am Müllsack treffen. Issst dasss nicht eine schöne Überraschung!?«

Picandou lächelte gequält. »Eine sehr schöne Überraschung«, antwortete er höflich.

Gruyère klatschte in die Pfoten. »Ach, das freut mich«, rief sie. »Dann kommt uns ja der kleine Rattibor bestimmt ganz oft besuchen, stimmt's?« Rattibor nickte eifrig und sang: »Tortä-ä! TORTÄ-Ä!«

»Erinnere mich bloß nicht daran!« Pomme de Terre warf Rattibor einen düsteren Blick zu und dann erzählten er und die anderen Muskeltiere der Rattengang abwechselnd von ihrer abenteuerlichen Reise.

»Und Picandou war einfach großartig!«, rief Gruyère, als alles erzählt war. »Wie der gerannt ist, um das Schiff noch zu erwischen! Das war unglaublich.«

Pomme de Terre und Bertram nickten anerkennend.

»Ein Glück, dasss ihr es nicht erwischt habt. Dann wärt ihr an Bord und wir hier und würden immer noch nach unserem kleinen Liebling sssuchen«, antwortete Rattila und kraulte seinen Jüngsten hinter den Ohren. Der hatte gerade ein Stück Schokoladentorte verspeist und wischte seine Pfoten wieder an Picandous Fell ab. »Papa Pikatu«, säuselte er zufrieden.

»Niedlich, so ein Kleines, oder?«, flüsterte Gruyère und drückte sanft Picandous Pfote. »Er wird mir fehlen.«

Sie schaute Picandou tief in die Augen. »Da könnte man doch glatt … Was meinst du, Schatz?«

Picandou erstarrte. Allein der Gedanke daran ließ ihn erschaudern. Er mied Gruyères Blick und suchte nach Worten, um ihr klarzumachen, dass so eine

Entscheidung sehr wohl und sehr lange überlegt sein müsse.

Plötzlich krähte Rattibor aus vollem Hals: »TORTÄ! TORTÄ!«

»Ich glaube, er mag inzwischen auch Schokoladentorte«, grinste Rattussi.

Sie blinzelte Picandou zu. »Würdest du mal wieder …?«

»Na klar.« Der Mäuserich seufzte, warf einen besorgten Blick zu den Fenstern hinauf und schlenderte dann langsam zum Müllsack. Es versprach ein langer Abend zu werden und eine noch viel längere Woche. Und als ob das nicht genug war, musste er nun auch unbedingt ein paar klärende Worte mit seiner Gruyère reden.

Die Ratten hatten angefangen, Polonaise zu tanzen, Bertram folgte und wippte im Takt mit dem Po. Gruyère sprang auf, zog Rattibor mit sich und wirbelte ihn herum. Rattibor piepte vor Vergnügen und vergaß augenblicklich die Schokoladentorte.

»Na los, Digger«, rief Pomme de Terre dem grauen Mäuserich zu. »Lass die Sucherei. Jetz is Party angesagt!«

Gruyère streckte eine Pfote nach ihrem Picandou aus. Da konnte er natürlich nicht Nein sagen. Er ließ sich mitziehen zu einem wilden Tanz um den Blumentopf.

Die Rattenrunde wogte hin und her, sie wiegten und schüttelten sich, stampften mit den Füssen und sangen:

Fressen, fressen,
nagen, nagen,
voll der Magen!

Rattussi und Rattila räkelten sich gemütlich an der Hauswand. Sie waren überglücklich, dass ihr Jüngster wieder bei ihnen war.

»Diessser Picandou ist ja wirklich ssso kinderlieb«, murmelte Rattussi. »Der wird bessstimmt bald Papa – ein ganzzz toller Papa.« Sie zupfte ihren Rattila zärtlich am Ohr. »Genau wie du.«

Rattila betrachtete Picandou, der neben Gruyère hin und her schwankte und dabei versuchte, dem kleinen Rattibor aus dem Weg zu gehen. Der hob die Ärmchen und wollte unbedingt auf Picandous Schultern.

Rattila wiegte nachdenklich den Kopf. »Ich weisss nicht sso recht. Irgendwasss an der Sssache isss noch nicht so ganzzz rund«, murmelte er.

Rattussi winkte ab. »Nich rund? Dasss sagssst du doch nur, weil du ein alter Quadratschädel bissst! Dasss wird 'ne ganzzz schnieke Rattenmausss-Familie! Vertrau da mal auf mein weiblichesss Gefühl!«

Die Muskeltiere

Hamster Bertram lebt gefährlich

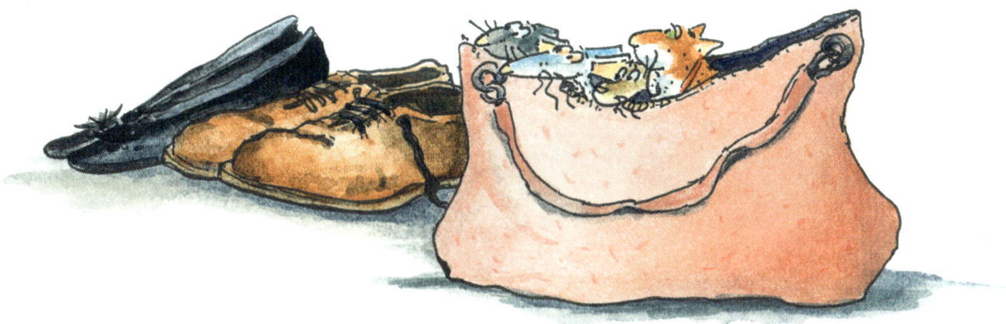

Kapitel 1

Ein Hauch Karamell

Ein warmer Duft zog die Kellertreppe hinab. Er strich durch die Mäusehöhle unter der Treppe, wo die Muskeltiere noch fest schliefen. Picandous Nase zuckte und bebte. Der Mäuserich leckte sich die Lippen, ohne dabei die Augen zu öffnen.

»Hmmmmh«, murmelte er. »Oh jaaa!«

Gruyère, die in einer alten Camembertschachtel neben Picandous Sardinendose lag, hob schläfrig den Kopf, schnupperte und ließ ihn wieder sinken. Sie lächelte versonnen. »Unsere liebe Frau Fröhlich. Jeden Tag eine neue Überraschung.«

Es dämmerte schon, aber noch hörten sie oben im Laden die Schritte von Frau Fröhlich und Margarethe. Das bedeutete, dass sie sich noch gedulden mussten, be-

vor sie die heutigen Überraschungen aus dem Müllsack probieren durften.

Picandou seufzte wohlig: »Das Leben ist gut. Sehr gut sogar.«

Da hatte er recht. Das Leben im Feinkostgeschäft war schon immer schön gewesen, aber seit Frau Fröhlich, die Besitzerin des Ladens, nicht nur kleine Speisen kochte, sondern angefangen hatte, selbst Schokolade herzustellen, war es noch viel schöner geworden. Darüber waren sich drei der vier Muskeltiere absolut einig, denn die Leckereien aus dem Müllsack waren seitdem noch verlockender.

So gab es täglich feinste Schokoladenkrümel mit immer neuen, herrlichen Füllungen: Vanille, Champagner-Pfirsich, Erdbeer oder Nougat. Jede Füllung war eine Offenbarung, vor allem für Picandou, der sich vor

Begeisterung kaum einkriegte und sich hingebungsvoll um jedes Krümelchen kümmerte.

»Unglaublich«, murmelte er, während er kaute. »Einfach unglaublich.«

Die neuen Süßwaren wirkten sich zwar unvorteilhaft auf seine Figur aus, machten ihn dafür aber sehr glücklich. Gruyère, die Rattendame, die in Picandou verliebt war, strich ihm liebevoll über sein Pfötchen.

»So habe ich halt noch ein bisschen mehr von dir. Das ist doch auch schön«, sagte sie, als Picandou besorgt seinen Bauch betrachtete. Es gab nur ein kleines Problem: Seine Sardinendose und der Geheimgang, der durch den Abfluss in den Innenhof führte, waren in letzter Zeit sehr eng geworden.

Die Kirchturmuhr schlug sieben Mal. Davon wurde die Kneipenmaus Pomme de Terre in der zweiten Sardinendose wach und gähnte so laut, dass sie Hamster Bertram weckte.

»Oh Mannomannomann!« Pomme de Terre streckte die Nase in die Luft. »Mannomannomann.«

»Nicht wahr?« Picandou nickte eifrig und rieb sich die Pfötchen. Der Gedanke an den Müllsack, den sie gleich betreten würden, ließ ihn erschaudern.

»Schön für euch«, lispelte Bertram, der ihre Begeisterung für süße Sachen nicht teilte. Er drehte sich auf dem Schwamm, der ihm als Bett diente, auf die andere Seite.

Das ganze Gewese um das Zeug, das nicht mal besonders gut roch, ging ihm auf die Nerven. Ein gutes Salatblatt dagegen, ein Tomateneckchen oder eine Karottenspitze wären natürlich etwas ganz anderes!

Jetzt waren oben im Laden Stimmen zu hören. Kurz darauf ging die Kellertür auf und leichte Schritte kamen die Stufen hinab.

»Seid ihr da?«, rief jemand leise. Die Muskeltiere erstarrten. Dann flüsterte Gruyère:

»Das klingt wie Claus mit C!«

Claus mit C war der einzige Mensch auf der Welt, der von den Muskeltieren wusste. Er wusste, wo sie wohnten und kannte ihr Geheimnis – nämlich, dass sie die Menschensprache verstanden.

»Claus mit C!«, rief Pomme de Terre und sprang aus seiner Sardinendose. Auch Bertrams Miene hellte sich auf. Sie hatten Claus seit einer Ewigkeit nicht mehr gesehen. Die Muskeltiere trippelten aus ihrer Höhle und verneigten sich vor dem Menschenkind.

Claus hatte auf der untersten Kellerstufe Platz genommen. Vorsichtig strich er jedem seiner kleinen Freunde über den Kopf.

»Wie schön euch wiederzusehen!«, flüsterte er.

Die Muskeltiere hatten Claus während ihrer Abenteuer an Bord eines Schiffes namens *Traviata* kennengelernt. Damals hatten sie ihm dabei geholfen, seinen echten Vater zu finden, denn dem falschen, einem ziemlichen Halunken, wären Claus und seine Tante Lotti fast auf den Leim gegangen.

»Tante Lotti und ich gehen mal wieder mit Frau Fröhlich und Margarethe essen«, sagte er leise. »Gerade probiert Tante Lotti Frau Fröhlichs neuste Schokoladenerfindungen aus. Deswegen haben sie auch nicht bemerkt, dass ich mich davongeschlichen habe.« Er grinste und streckte ihnen die geöffnete Hand entgegen, in der ein braunes Rechteck lag. »Ich habe euch eine Praline mitgebracht. Schoko-Karamell. Ist echt lecker!«

Vorsichtig legte er die zerquetschte Praline auf den Boden. Etwas Goldcremiges quoll aus den Schokoritzen. Picandou trippelte sofort hinüber, brach etwas davon ab und stopfte es mit beiden Pfoten in den Mund. Er schloss vor Wonne die Augen.

»Ka-ra-mell!«, ächzte er verzückt. »Das ist also Ka-ramell! Herrlich!«

Auch Gruyère und Pomme de Terre nahmen sich kleine Stückchen und waren ebenfalls hingerissen.

Bertram, der etwas abseits stand, warf den anderen einen genervten Blick zu. Er machte doch auch nicht so einen Zirkus um jedes Salatblatt oder jede Gurkenecke.

Claus wandte sich dem Hamster zu. Normalerweise holte er Tinte und Papier aus seiner Jackentasche, wenn sie sich sahen, und legte beides vor ihm auf den Boden. Bertram besaß nämlich eine ganz besondere Fähigkeit: Er konnte lesen und schreiben. Das hatte er vor langer Zeit gelernt, als er noch in einem Käfig bei einem Jungen namens Tassilo wohnte. Tassilo hatte damals Nachhilfe im Lesen und Schreiben bekommen, und weil Bertram sich so langweilte, hatte er in seinem Puderbad heimlich mitgeübt.

Claus hatte nicht nur herausgefunden, dass die Muskeltiere ihn verstehen konnten, er wusste auch, dass Bertram auf seine Fragen Antworten schreiben konnte. Heute allerdings legte Claus nicht wie üblich ein Blatt Papier vor den Hamster, sondern zog ein flaches, silbernes Kästchen aus der Hosentasche.

»Das hat mir Tante Lotti zum Geburtstag geschenkt«, sagte er. »Es ist ein Handy. Damit kann man telefonieren und Nachrichten schreiben. Du auch.«

Bertram sah ihn erstaunt an. Wie sollte das gehen? Gewöhnlich tauchte er sein Krällchen in die Tinte und schrieb damit aufs Papier.

Claus, der seine Gedanken zu erraten schien, sagte leise: »Frau Sievers hat mir das Tintenfass weggenommen. Beim letzten Mal hatte ich nämlich den Deckel nicht richtig zugeschraubt und da ist die Tinte in meiner Jackentasche ausgelaufen. Sie war ziemlich sauer. Aber hiermit kannst du genauso gut schreiben. Pass auf, ich zeig's dir.«

Mit dem Zeigefinger berührte Claus das Kästchen. Es leuchtete auf. Bertram wich zurück. Auch die anderen schauten erschrocken auf das seltsame Ding.

»Siehst du die Buchstaben?«, fragte Claus. »Auf die musst du tippen.«

Bertram betrachtete höflich das Kästchen.

Mit dem Zeigefinger tippte Claus ein paar Buchstaben. Wie von Zauberhand erschienen ein paar Worte auf der leuchtenden Oberfläche. Die Muskeltiere beugten sich staunend darüber.

»Ha-llo, wie geht-s«, las Bertram langsam.

»Jetzt du«, sagte Claus.

Bertram tippte zaghaft mit der Krallenspitze auf G.

Nichts geschah.

»Vielleicht geht es besser, wenn du die Kralle etwas einziehst«, schlug Claus vor.

Bertram probierte die Kralle einzuziehen und tippte mit der Pfotenspitze so gut es ging noch mal auf das G. Diesmal klappte es! Ein Buchstabe erschien, und dann noch einer, bis das Wort Gut im Kästchen zu lesen war.

»Nicht zu fassen«, murmelte Gruyère.

»Das funktioniert perfekt«, flüsterte Claus begeistert.

Weris FrauSivers?, tippte Bertram stolz.

Claus schaute unglücklich drein. »Die kümmert sich um mich, wenn Tante Lotti in ihrer Eiscremefabrik arbeitet. Ich mag sie nicht besonders und sie mag mich auch nicht. Sie erlaubt mir fast gar nichts. Deswegen kann ich euch auch so selten besuchen. Zum Glück ist sie gerade krank, und da habe ich Tante Lotti überredet, dass wir heute Frau Fröhlich und Margarethe zum Abendessen einladen.« Er stieß einen tiefen Seufzer aus. »Ach, am schönsten wäre es, wenn ihr zu mir ziehen würdet! Dann wäre mir diese Frau Sievers piepegal.«

Die Muskeltiere nickten höflich, denn das sagte Claus jedes Mal, wenn er sie besuchte. Aber sie hatten nun mal das beste Zuhause der Welt und das wollten sie gegen kein anderes eintauschen.

»Claus, wo steckst du?«, rief Tante Lotti von oben. Claus erhob sich unwillig und strich seinen Freunden zum Abschied wieder über die Köpfe.

»Ich versteh schon«, flüsterte er. »Bis bald.«

Er wandte sich zur Treppe, hielt aber plötzlich inne

und beugte sich nochmals zu ihnen hinab. Ihm war noch etwas eingefallen.

»Falls ihr eure Meinung ändert oder mich sehen wollt, könnt ihr mir über irgendein Handy – das von Margarethe oder von Frau Fröhlich – jederzeit eine Nachricht schicken, o.k.?«, sagte er und hob sein Handy hoch. »Da müsst ihr dann nur auf dieses grüne Zeichen hier drücken.« Er deutete auf das Nachrichtensymbol und ging zu Frau Fröhlichs Schreibtisch. Er riss ein Stück von einem Umschlag ab und kritzelte eine Nummer darauf. »Dann tippt ihr diese Zahlen ein und schreibt mir eine Botschaft.« Den Zettel reichte er Bertram. »Also bis bald«, sagte er, winkte ihnen nochmals zu und verschwand die Treppe hinauf in den Laden.

Gruyère schaute ihm nach. »Der

liebe Claus«, sagte sie. »Er ist so ein nettes Menschenkind.«

»Aber wir werden ganz bestimmt nicht unsere Meinung ändern«, brummte Picandou. »Kommt, wir bringen die Pralinenreste in Sicherheit.«

Zu dritt trugen sie die Praline in die Mäusehöhle unter der Treppe.

»Wie gut sie riecht«, murmelte Picandou und schnupperte liebevoll daran.

Das fand Bertram überhaupt nicht. Er hielt die Luft an, um den Geruch nicht in der Nase zu haben, und trippelte als Letzter mit dem Zettel hinterher. Dabei studierte er die Zahlen, die Claus aufgeschrieben hatte. Was es so alles gibt, dachte er. Erstaunlich, dass man mit diesen paar Zahlen eine Nachricht schicken kann. Vielleicht war das ja eine Art Zauberformel? Claus war schließlich ein sehr guter Zauberer und kannte viele Zaubertricks.

Als er die Mäusehöhle unter der Treppe betrat, vergaß er das Luftanhalten, und sofort umwehte ihn der scheußliche Duft von diesem Schokozeugs. In der kleinen Mäusehöhle war er noch viel stärker als draußen im hohen

Kellerraum, und wenn Bertram inzwischen eins nicht ausstehen konnte, dann war es *dieser* Geruch! Er kniff die Nase schnell wieder zusammen, aber irgendwann ging ihm die Puste aus, und er atmete wieder ein. So kam es, dass Bertram zwischen all dem Schokoladengeruch plötzlich einen neuen, ganz anderen Duft erschnupperte.

Und da passierte etwas sehr Merkwürdiges. Es war so merkwürdig, dass Bertram erstarrte. Denn das Gefühl, das nun plötzlich in ihm aufstieg, verursachte in seinem ganzen Körper, bis hin zu seinen rosa Krallenspitzen, ein sanftes Kribbeln. Was war das nur? Wo hatte er diesen Duft schon mal gerochen? Und warum reagierte alles in ihm darauf?

Er schloss die Augen und schnupperte nochmals.

Erinnerungen stiegen in ihm auf, an die er seit Ewigkeiten nicht mehr gedacht hatte. Er sah sich als Hamsterwinzling in einem Puderbad liegend. Ein Junge, es war Tassilo, beugte sich über ihn und kitzelte sanft seinen

Bauch. Bertram lächelte und der Junge lächelte zurück. Bertram fühlte sich auf einmal ganz wohlig und zugleich ein wenig wehmütig. Das war damals so ein wunderbarer Moment gewesen, und er hatte ihn ganz vergessen.

Plötzlich wusste er auch, woran ihn dieser Geruch erinnerte: Tassilos Atem hatte genau wie dieses Kara-dings-Zeug gerochen!

Bertram hatte schon ewig nicht mehr an seine Zeit bei Tassilo gedacht, doch durch den Karamellgeruch war es, als wäre ihre erste Begegnung erst gestern gewesen.

Kapitel 2

Tassilo

Der Tag, an dem der Junge ihn am Bauch gekitzelt hatte, war der Tag, an dem sie sich kennengelernt hatten. Es war Tassilos achter Geburtstag gewesen. Bertram hatte, obwohl er selbst nicht Geburtstagskind war, an jenem Tag einen schicken goldenen Käfig bekommen, der so schön war, dass jeder andere Hamster im Baumarkt vor Neid erblasst wäre.

Der Käfig hatte eine Bar mit Wasser in den drei Geschmacksrichtungen Kohl, Rübe, Apfel sowie einen Salatschredder, der die Salatblätter in mundgroße Stücke verwandelte, sodass Bertram kaum kauen musste. Auch ein Laufrad mit mehreren Gängen war dabei.

Damals hatte Bertram keinen Zweifel: Er hatte das ganz große Los gezogen!

Aber dann hatte er Tassilo verlassen. Heimlich war er mit den Muskeltieren davongezogen.

Ob inzwischen ein anderer Hamster in seinem Käfig wohnte? Und waren Tassilo und Serafina, die nette Putzfrau, traurig gewesen, als sie merkten, dass Bertram verschwunden war?

Der Hamster hatte nie gewagt, sich diese Frage zu stellen, denn nachdem er den Muskeltieren begegnet war, hatte er nur einen Wunsch gehabt: Er wollte raus in die große weite Welt und Abenteuer erleben.

Das hatte er inzwischen getan, aber jetzt, da er an Tassilo dachte, fragte er sich, ob es richtig gewesen war, einfach so abzuhauen. Nicht mal einen Abschiedsbrief hatte er hinterlassen. Das hätte Tassilo natürlich auch nicht erwartet, denn er wusste ja nicht, dass Bertram schreiben konnte. Aber trotzdem – nett war das nicht gewesen.

Er seufzte.

Pomme de Terre betrachtete den Hamster neugierig. »Wat'n los, Jongchen?«

»Nun ja.« Bertram zupfte nachdenklich an seinem Schnurrbart. »Es ist gerade etwas Merkwürdiges passiert.«

»Was denn?«, fragte Gruyère.

»Der Geruch da – nach diesem Kara-dings-Zeug ...«

Bertram deutete auf das Pralinenstück. »Er – er hat mich erinnert. An Tassilo. Und auf einmal musste ich an mein altes Zuhause denken.«

Eine dicke Träne kullerte die breite Hamsterbacke hinab.

»Nich dein Ernst!«, rief Pomme de Terre. »Der fiese Möps?!«

»Ach, so fies war er doch gar nicht«, murmelte Bertram. »Ich meine, er hatte auch seine guten Seiten. Und schließlich war er mal meine Familie gewesen. Bis ich euch kennengelernt habe.« Er wischte die Träne mit der Pfote weg.

»Moment«, Picandou, der sich gerade noch einen dicken Schokoladenkrümel mit viel Karamell in den Mund geschoben hatte, stemmte die Pfoten in die Hüften. »Nach allem, was du erzählt hast, warst du ihm ganz schnell piepegal. Wenn die Putzfrau … wie hieß sie gleich …?«

»Serafina.«

»Genau. Wenn sich also Serafina nicht um dich gekümmert hätte, wärst du wahrscheinlich verhungert und verdurstet.«

»So schlimm war es nun auch nicht. Ihr wisst, ich hatte diesen tollen Käfig, von dem jeder Hamster nur träumt, mit dem schicken Laufrad und dem Puderbad und allem, was man für ein schönes Leben so braucht«, protestierte Bertram lispelnd.

Picandou schnaubte ungläubig.

»Außerdem habe ich dank ihm Lesen und Schreiben gelernt«, fuhr Bertram fort.

»Ja, weil du sonst vor Langeweile eingegangen wärst«, sagte Gruyère sanft. Sie ließ sich neben Bertram auf dem Schwammbett nieder und tätschelte seine Pfote. »Es war dein Glück, dass der Nachhilfeunterricht neben deinem Käfig stattfand.«

Bertram schüttelte den Kopf und mied ihre Blicke. »Außerdem haben wir oft zusammen Hör-CDs gehört«, entgegnete er trotzig.

»Er hat sie gehört und du hast mitgehört«, antwortete Pomme de Terre. »So war es doch, oder?«

Und Gruyère fügte hinzu: »Nicht umsonst warst du so froh, als du uns kennengelernt und endlich richtige Freunde gefunden hast.«

»Aber er war trotzdem meine Familie«, erwiderte Bertram.

»Ja, bis er das Interesse an dir verloren hat.« Picandou sah ihn streng an. »Du hast Tag ein, Tag aus allein in diesem tollen Käfig gehockt, weiß du das nicht mehr?«

Gruyère und Pomme de Terre nickten zustimmend.

Bertram schwieg und betrachtete eingehend seine zarten rosa Krallenspitzen.

Da fiel oben die Ladentür ins Schloss.

Picandou klatschte in die Pfoten und hüpfte wie ein Gummiball zum Höhleneingang.

»Der Müllsack ruft!«, sang er. »Der Müllsack ruft! Kommt, kommt, meine Lieben!«

Und da zwei der drei Muskeltiere immer noch einen

ordentlichen Kohldampf hatten, folgten sie ihm auf der Stelle. Sie kletterten wie immer das Waschbecken hinauf, denn von dort aus führte der Geheimgang in den Innenhof, wo der Müllsack an der Wand neben der Toreinfahrt auf sie wartete.

Picandou stöhnte, als er sich in das Abflussrohr quetschte. Er hatte seit Beginn der Schokoladenproduktion so kräftig zugenommen, dass er den Bauch sehr fest einziehen musste, um durch das enge Rohr zu passen. Er schaffte es, wenn auch nur knapp.

Ehrfürchtig blickte er zusammen mit Gruyère und Pomme de Terre auf die Müllreste.

»Wat'n dicker Jonny. Dat is der Hammer!«, flüsterte Pomme de Terre, nachdem er die neuesten Schokoladenstückchen probiert hatte. »Sie ist … sie ist …«

»… eine Göttin«, beendete Picandou feierlich den Satz.

Gruyère, die auch ein Stück kostete, strahlte: »Eine Schokoladengöttin.«

Der Hamster nagte etwas abseits an einem Möhrenende und wirkte nicht sehr gesprächig.

Gruyère warf ihm einen bekümmerten Blick zu. »Bertram macht mir Sorgen«, flüsterte sie.

»Awas«, nuschelte Picandou mit vollem Mund. »Dem gehs guh. Etwa gefühlsdudelig, das is alles.«

»Gefühlsduselig?« Gruyère schüttelte den Kopf. »Ich weiß nicht, ob du da recht hast. Ich glaube, er hat Heimweh.«

»Unsinn!« Picandou winkte ab.

Auch Pomme de Terre schüttelte den Kopf. »Nach allem, was er uns über diesen Tassilo erzählt hat, soll er froh sein, den nich mehr an der Backe zu haben.«

Doch auch die nächsten Tage blieb Bertrams Stimmung gedämpft, was bis auf Gruyère niemand zu bemerken schien. Bertram war von Picandous täglicher Begeisterung über die Schokoproduktion genervt, aber war das wirklich der einzige Grund für seine gedrückte Stimmung?

»Was ist los mit dir?«, fragte sie ihn, als sie eines Abends zusammen vom Müllsack zum Geheimgang zurückkehrten.

Bertram zuckte die Achseln und schwieg. »Nichts«, murmelte er.

Picandou klopfte ihm auf die Schulter. »Siehst du, sag ich doch. Dem fehlt nix. Es ist zu schade, dass du Schokolade nicht magst. Ich sage dir, du verpasst etwas.«

»Ja, dat is echt so«, fügte Pomme de Terre hinzu. »Aber dann bleibt halt mehr für uns übrig, nöch?«

Auf dem Heimweg blieb Picandou endgültig im Abflussrohr stecken. So sehr die anderen auch schoben und drückten, er bewegte sich keinen Millimeter hinab.

»Zieh den Bauch weiter ein«, keuchte Pomme de Terre, der von der Anstrengung völlig außer Atem war. »Wir versuchen, dich wieder rauszuholen.«

Picandou hielt die Luft an. Ihm wurde schon ganz

schwindelig. Schließlich schafften es die drei anderen mit vereinter Kraft, ihn endlich aus dem Abfluss zu ziehen.

»Und was machen wir jetzt?«, fragte Bertram. »Wie soll Picandou bloß wieder nach Hause kommen?«

Niemand wusste Rat. Nach langen Überlegungen hatte Gruyère endlich eine rettende Idee.

»Frau Fröhlich hatte doch immer einen Ersatzschlüssel in ihrem Geheimversteck«, sagte sie. »Damit öffnen wir die Ladentür und dann kann Picandou von dort aus in den Keller schlüpfen.«

Gemeinsam begannen sie, jeden einzelnen Blumentopf anzuheben, bis sie den richtigen fanden.

Der Schlüssel war zum Glück unter einem sehr kleinen Lavendel-Töpfchen versteckt.

Die Muskeltiere schleppten Kisten, Dosen und Joghurtbecher auf die Deichstraße und bauten daraus vor der Ladentür einen Turm. Bertram kletterte als Erster hinauf, Gruyère stellte sich auf seine Schultern und Pomme de Terre balancierte ganz oben. Picandou reichte den Schlüssel an Bertram und der reichte ihn weiter an Pomme de Terre. Der wiederum schob ihn ins Schloss und kam sehr ins Schwitzen, als er versuchte, ihn zu drehen. Als auch das geschafft war, streckte er sich nach der Türklinke und hangelte sich bis zu deren Ende vor. Die Klinke gab unter seinem Gewicht nach und neigte sich nach unten. Picandou, der von unten alles beobachtete, stemmte sich mit seinem ganzen Gewicht gegen die Tür, bis sie sich mit einem leisen Knarren öffnete.

»Puh, das wäre geschafft«, rief Gruyère und zog den Schlüssel wieder aus dem Schloss. Pomme de Terre ließ die Klinke los und sprang auf den Boden.

Picandou war gerührt. »Ihr seid großartig! Wenn ich euch nicht hätte!« Er breitete die Arme aus. »Einer für alle, alle für einen!«

»Einer für alle, alle für einen!«, riefen die Muskeltiere, und selbst Bertram verzog das Schnäuzchen zu einem winzigen Lächeln, obwohl er mit seinen Gedanken wieder einmal ganz woanders zu sein schien.

Als die Muskeltiere endlich alle Spuren beseitigt und den Schlüssel wieder unter dem Blumentopf verstaut hatten, dämmerte es schon. Erschöpft schlüpfen sie durch die Ladentür, drückten sie mit vereinter Kraft zu und huschten die Kellertreppe hinab.

»Hoffentlich wundert sich Frau Fröhlich nicht allzu sehr, dass die Tür nicht abgeschlossen ist«, sagte Gruyère, als sie in ihre Betten kletterten.

»Sie wird bestimmt denken, dass sie vergesslich geworden ist«, näselte Pomme de Terre.

Und Picandou murmelte, bevor er einschlief: »Was für eine Nacht! Ab jetzt ist echt Diät angesagt.«

»Wer's glaubt …«, schnaubte Bertram. Und dann war auch er eingeschlafen.

Kapitel 3

Wo ist Bertram?

»Was habe ich euch gesagt?!«, rief Gruyère aufgebracht und deutete auf das leere Schwammbett. Sie hatten nach der anstrengenden Nacht länger als sonst geschlafen. Pomme de Terre und Picandou starrten auf die Kuhle, die Bertrams Körper auf dem Schwamm hinterlassen hatte.

Pomme de Terre studierte nochmals die Rückseite von Claus' Zettel, denn dort hatte Bertram eine Botschaft für

sie hinterlassen. Bertram hatte der Kneipenmaus mal das Lesen beigebracht, aber das war schon ein Weilchen her, deshalb war der Mäuserich etwas aus der Übung. Es dauerte eine ganze Weile, bis er die Botschaft entziffert hatte. »Be-suhe Ta-si-lo«, las er stockend vor.

»Oh nein!«, rief Gruyère. »Das darf nicht wahr sein.«

»Der kommt sicher bald wieder zurück«, sagte Picandou beschwichtigend. Er hatte Gruyère noch nie so außer sich gesehen und ahnte natürlich, warum das so war. Sie hatte ihn und Pomme de Terre gewarnt, dass etwas mit Bertram nicht stimmte, aber beide hatten nur abgewunken und sie nicht ernst genommen. Ein zarter Hauch von Schoko-Pfefferminz umschmeichelte seine Nasenlöcher. Picandou atmete tief ein.

»Hoffentlich hast du recht«, antwortete Gruyère, die ihm keine Sekunde glaubte. Sie wurde das mulmige Gefühl nicht los, dass Bertram in Gefahr war. »Was, wenn er unterwegs von einem Auto angefahren oder von einem Reiher angegriffen wird?«

Pomme de Terre kräuselte besorgt die Nase. »Da hast du recht. Wir sollten sofort los und den Döspaddel suchen.«

»Und wie bitte schön soll das gehen? Wir kennen doch nicht mal den Weg«, rief Picandou. Sein Blick glitt wehmütig hinauf zur Decke. Während die Muskeltiere schliefen, hatten Frau Fröhlich und Margarethe etwas ganz Köstliches gezaubert, und er würde heute Abend darauf verzichten müssen. Nur weil dieser Hamster sich so eine Schnapsidee in den Kopf gesetzt hatte.

Gruyère überlegte. Sie war einst Laborratte gewesen und hatte gelernt, sich in den kompliziertesten Irrgängen zurechtzufinden. Deswegen vergaß sie nur selten einen Weg, den sie schon einmal gegangen war, und von Bertrams altem Zuhause zur Deichstraße war sie vor langer Zeit schon einmal gelaufen.

»Zu Tassilos Wohnung finde ich schon«, sagte sie. »Wir sind ja damals von dort zum Hafen und dann vom Hafen hierher gelaufen. Wisst ihr noch?«

Picandou nickte unglücklich.

»Wenn wir uns beeilen, holen wir ihn vielleicht noch ein«, sagte Pomme de Terre. Er ging in eine Ecke der Höhle und kehrte mit vier Cocktailspießdegen zurück. Sie waren alle etwas angestaubt, denn die Muskeltiere hatten sie schon länger nicht mehr benutzt.

»Bertram hat nicht mal seinen Degen mitgenommen?«, Gruyère schüttelte den Kopf. »Er ist wirklich nicht ganz bei sich.«

Die Kirchturmuhr begann zu schlagen. Gruyère zählte mit – elf Schläge. Die Muskeltiere hatten viel zu lange geschlafen. Sie wischten den Staub von ihren Degen und Pomme de Terre band sich seinen wie auch Bertrams Degen um. »Den nehme ich ihm mal mit«, sagte er. »Den braucht er bestimmt.«

Dann liefen sie in den Keller und kletterten die Kisten neben dem Waschbecken hinauf.

Picandou starrte in den Abfluss. »Und wenn ich nicht durchpasse?«

»Du musst. Du hast keine Wahl«, erwiderte Gruyère. Pomme de Terre zog ihn an den Pfötchen hinter sich her und Gruyère stemmte sich gegen seinen Po, während Picandou auf der ganzen Strecke die Luft anhielt. So schafften sie es, Zentimeter um Zentimeter, endlich in den Innenhof.

Picandou steuerte sofort auf den Müllsack zu.

»Nich dein Ernst«, rief Pomme de Terre fassungslos.

»Wir können unmöglich mit leerem Magen eine so weite Reise antreten«, erklärte Picandou. Er war bereits den Müllsack hinaufgeklettert. »Nur fünf Minuten! Bitte!«

Und da Picandou bereits im Inneren des Sacks verschwunden war, folgten auch die beiden anderen. Aus den fünf Minuten wurden fünfzehn und aus den fünfzehn Minuten wurden fünfzig, und als die drei Muskeltiere endlich loszogen, waren sie sich einig: Schoko-Pfefferminz war eine absolut geniale Mischung.

Die Deichstraße war menschenleer, denn die Restaurants und Läden hatten längst geschlossen.

»Die Frage ist, ob er nach links oder nach rechts gelaufen ist«, sagte Pomme de Terre und sah sich um.

»Und dann gäbe es ja auch noch geradeaus«, brummte Picandou, der sich verfluchte, weil er nicht noch zwei Pralinchen-Ecken als Proviant mitgenommen hatte.

Gruyère schloss die Augen, hob die Nase und schnupperte.

»Nach links«, sagte sie schließlich und trippelte los. Die Muskeltiere witschten bis zur nächsten Kreuzung, und wieder blieb Gruyère stehen und schnupperte.

»Noch mal links«, sagte sie.

Sie huschten weiter im Schatten der parkenden Autos, querten Straßen und hielten sich dicht an Hauswände, bis endlich, Stunden später, ein Maschendrahtzaun vor ihnen auftauchte, den die Muskeltiere sofort erkannten.

»Der Passagierschiffhafen!«, rief Pomme de Terre begeistert. »Gruyère, du bist 'ne Wucht.«

Gruyère errötete unter ihrem Fell und winkte ab. »Das war der leichte Teil«, sagte sie. »Jetzt wird es schwieriger. Wir sind ja damals mit dem Hamster erst über Dächer gelaufen und irgendwann eine Regenrinne hinabgeklettert. Tassilo wohnt in einer Dachgeschoß-

wohnung. Die müssen wir finden. Und das ist gar nicht so einfach.«

Gruyère behielt recht. Der zweite Teil der Reise gestaltete sich sehr viel schwieriger als der erste. Der Mond war inzwischen untergegangen und feuchte Kälte kroch aus den Kanälen. Noch dazu hatte es begonnen zu regnen und die eisigen Tropfen trafen die drei Muskeltiere wie Nadelspitzen. Sie froren und ihre Füße waren von dem weiten Weg schon ganz wund. Sie hatten die ganze Zeit nach Bertram Ausschau gehalten, hatten gehofft, ihn plötzlich an irgendeiner Straßenecke zu entdecken, doch umsonst.

»Wenn ihm bloß nichts passiert ist!«, sagte Gruyère. Das mulmige Gefühl in ihrem Magen ließ sie nicht los, denn sie hatten einige sehr befahrene Straßen nur mit knapper Not überquert. Hoffentlich war Bertram nicht unter die Räder eines vorbeirasenden Autos gekommen.

Gruyère blieb jetzt immer öfter stehen und überlegte. Ein paar Mal mussten die Muskeltiere den Weg, den sie gekommen waren, zurückgehen, aber endlich standen sie vor einem Regenrohr und Gruyère rief feierlich: »Das muss es sein!«

Es dämmerte bereits, als sie endlich das Rohr hinaufgeklettert waren. Der Regen war stärker geworden und auf dem Dach gab es nirgends einen Unterschlupf. Picandou sehnte sich inbrünstig nach seinem gemütlichen Zuhause, und Pomme de Terre warf besorgt einen Blick zum Himmel, der langsam heller wurde.

»Oh Mann!«, rief er. »Wir müssen uns beeilen!«

Sie wateten durch die volle Regenrinnen, und Picandou wäre ein paar Mal fast ausgerutscht, während er murrend den anderen folgte. Das ganze Unterfangen war völlig aberwitzig. Ob Gruyère wirklich wusste, was sie da tat? Sehr sicher wirkte sie jedenfalls nicht.

Plötzlich blieb sie stehen und beugte sich über den Rand der Rinne. »Hier ist es! Ich glaube, wir sind da!«

Die beiden anderen ließen sich neben ihr nieder und spähten hinunter. Sie erkannten sofort das Rankgitter mit der Kletterpflanze, das sie damals mit Bertram hinaufgeklettert waren.

»Ich schau nach!« Pomme de Terre war bereits von der Rinne ins Rankgitter gesprungen und hangelte sich flink an den Zweigen herab.

»Und was machen wir, wenn Bertram nicht da ist?«, fragte Picandou.

Gruyère zuckte mit den Schultern. »Dann müssen wir halt weitersuchen.«

Picandou verzog das Gesicht. Er hatte schon leichtes Halskratzen. »Hast du überhaupt eine Ahnung, wie groß diese Stadt ist?«

»Ja«, antwortete Gruyère. »Hab ich. Aber wir müssen Bertram finden. Einer für alle, alle für einen. Weißt du noch?« Sie gab ihm einen sanften Stupser in die Seite.

»Hrmpf«, machte Picandou, aber er widersprach nicht.

Kurz darauf raschelte es in den Blättern und Pomme de Terre kehrte ganz außer Atem zurück.

»Er ist da!«, keuchte er.

»Großartig. Warum hast du ihn nicht gleich mitgebracht?«, fragte Picandou.

»Weil er wieder in seinem Käfig sitzt.«

»In seinem Käfig?«, rief Gruyère. »Wieso das denn?«

Pomme de Terre zuckte die Schultern. »Keine Ahnung. Der Käfig ist in Tassilos Zimmer und die Balkontür ist zu.«

»Meinst du etwa, der Junge hat ihn eingesperrt?«, fragte Gruyère.

»Gut möglich!« Pomme de Terre wirkte sehr ernst. »Die Käfigtür ist jedenfalls geschlossen.«

»Wir können ja warten, bis die Putzfrau, diese Serafina, den Käfig wieder auf den Balkon stellt«, schlug Gruyère vor.

Pomme de Terre deutete hinauf zum Himmel, aus dem es immer noch Bindfäden regnete. »Heute is kein Balkonwetter.«

»Dann sollten wir jetzt nach Hause gehen und wiederkommen, wenn die Sonne scheint«, sagte Picandou, der nun nicht mehr daran zweifelte, dass er morgen mit einer schweren Grippe im Bett liegen würde. Er dachte sehnsüchtig an seine gemütliche Sardinendose. Sogar auf den Müllsack hätte er dafür verzichtet. »Ich meine, schließlich hat Bertram sich selbst in diese Lage gebracht.«

Pomme de Terre schüttelte den Kopf. »Wir müssen ihn da so schnell wie möglich rausholen. Er hat weder Wasser noch etwas zu essen in diesem Käfig.«

»Wir haben ihn gewarnt«, knurrte Picandou. »Aber er hat mal wieder nicht auf uns gehört, stimmt's?«

Niemand antwortete ihm. Pomme de Terre zupfte

nachdenklich an seinen Barthaaren. »Die Frage ist – wie kommen wir in die Wohnung?«

Gruyère dachte angestrengt nach. »Es gibt ja bestimmt nicht nur die Balkontür«, sagte sie schließlich, »sondern auch eine Haustür!«

Pomme de Terre strahlte. »Mann inne Tün. Gruyère, du bist 'ne echt fixe Deern. Das is 'ne Spitzenidee!«

Neben dem Rankgitter war ein Regenrohr, das zur Straße hinabführte, und das kletterten und rutschten die drei nun hinunter, bis sie mit einem großen Platsch in einer Pfütze landeten.

Picandou schüttelte sich und schimpfte leise vor sich hin, aber die anderen beachteten ihn nicht. Neugierig sahen sie sich um.

Sie befanden sich in einem winzigen Garten mit weißen Kieselsteinen. Neben einer Stufe wuchs ein kurz geschorenes Buchsbäumchen. Das war ein perfektes Versteck, denn die Stufe führte direkt zur Haustür.

Die Muskeltiere huschten unter das Buchsbäumchen und warteten gespannt. Die Zeit strich dahin. Kinder mit Schulranzen und Erwachsene auf dem Weg zur Arbeit liefen den Bürgersteig entlang, doch Tassilos Haustür blieb verschlossen.

Gruyère begann ernsthaft an ihrem Plan zu zweifeln. Sie überlegte gerade, ob sie nicht besser wieder aufs Dach klettern sollten, als plötzlich Schuhe den kleinen Weg hinauf klackerten. Die Muskeltiere duckten sich noch tiefer unter das Buchsbäumchen und spähten hinaus. Zwischen dem Blattwerk erkannten sie ein paar rote hochhackige Schuhe, die direkt neben ihrem Versteck haltmachten.

Pomme de Terre streckte vorsichtig die Nase hinaus.

»Das ist Serafina, die Putzfrau!«, flüsterte er. »Ich erkenn sie wieder.«

Es klingelte. Serafina kramte in ihrer Handtasche und fand schließlich, was sie suchte.

»Hallo«, sagte sie in gebrochenem Deutsch. »Ja, guten Morgen … Ja. … Er ist krank? … Ja. Ich koche für ihn …«

Plötzlich beugte sich Serafina vor. Die Muskeltiere zuckten zusammen. Hatte die Frau sie etwa entdeckt?!

Aber Serafina stellte nur ihre Tasche ab. Dann richtete sie sich wieder auf und telefonierte weiter.

»Kein Fernsehen …. Verstehe … ist gut. Mache ich …«

»Kommt.« Pomme de Terre raste auf die Handtasche zu. »Wir haben 'ne Mitfahrgelegenheit!«

Und bevor ihn jemand stoppen konnte, sprang er hinein. Gruyère und Picandou blieb nichts anderes übrig, als ihm hinterherzuhechten.

Pomme de Terre hatte sich tief in der Handtasche unter einem Taschentuch und einer Fahrkarte vergraben. Gruyère verschwand unter einem Regenschirm, der genauso feucht war wie sie selbst, und Picandou schaffte es gerade noch rechtzeitig, sich unter einem Bündel Papiere zu verbergen, bevor das Handy knapp neben seinem

Kopf landete. Die Handtasche wurde angehoben, ein Schlüssel klapperte im Schloss, und dann schaukelte die Tasche langsam die Treppe hinauf. Wieder blieb Serafina stehen.

»Komisch«, murmelte sie und hob die Tasche leicht an.

Die Muskeltiere hielten den Atem an. Hatte sie bemerkt, dass die Tasche plötzlich schwerer war? Sie schloss die Wohnungstür auf und setzte die Tasche unsanft ab. Picandou konnte sich gerade noch ein »Autsch!« verkneifen.

»Hallo Tassilo«, rief Serafina und dann entfernten sich ihre Schritte.

Pomme de Terre kletterte vorsichtig zum Taschenrand und spähte hinaus. Vorsichtig stieg er aus. Die anderen folgten. Sie waren in einem langen Flur neben einer Ansammlung von Schuhen gelandet. Gruyère schlüpfte in einen Männerhalbschuh, Pomme de Terre wählte einen Turnschuh und Picandou verschwand in einem Damenschuh. Sie hatten endlich ihr Ziel erreicht.

Kapitel 4

Kämpfende Krieger und Drachenvasen

Aus dem Wohnzimmer klangen Schüsse, und eine Männerstimme rief: »Du bist erledigt. Gib dich geschlagen.«

Gruyère schielte über den Rand des Halbschuhs. Ihr Versteck roch nach Schweißfüßen und das gefiel ihr gar nicht. Ängstlich lauschte sie auf die Stimmen. Waren das Einbrecher?

»Deine Mutter hat gesagt, du sollst jetzt nich gucken«, sagte Serafina freundlich. Das klang nicht, als würde gerade etwas Schlimmes passieren.

»Ist mir egal«, antwortete eine Jungenstimme.

»Tassilo, bitte.«

»Gleich.«

Pomme de Terre war aus seinem Turnschuh geklettert. »Kommt! Wir suchen Bertram«, flüsterte er und schlich vorsichtig an der Fußleiste entlang Richtung der Tür, durch die Serafina verschwunden war. Die anderen folgten dicht an die Wand gedrückt und spähten vorsichtig in den Raum, aus dem die Stimmen kamen. Wunderschöne Teppiche bedeckten den dunklen Holzboden und überall standen elegante Möbel.

Alle drei Muskeltiere erstarrten, als sie die zwei Krieger entdeckten, die hinter einem riesigen Fenster kämpften und sich Beleidigungen zuriefen. Davor lümmelte auf einer Ledercouch ein etwa elfjähriger Junge und schaute ihnen zu. Er schien keine Angst vor den kämpfenden Männern zu haben. Auf einem Tischchen neben der Couch stand eine große Vase, auf die zwei Drachen gemalt waren, und daneben sahen sie Serafina mit verschränkten Armen. Und dann passierte etwas Erstaunliches: Die Männer verschwanden, und vor dem Fenster lag nun eine staubige Straße mit ein paar Häusern.

»Ich glaube«, flüsterte Gruyère, der es langsam dämmerte, »das ist kein Fenster, sondern ein riesiger Fernseher!«

»Es ist gleich vorbei. Noch fünf Minuten«, sagte der Junge. Er lächelte Serafina bittend an. »Könntest du mir einen Kakao machen? Bitte, liebe Serafina!«

Serafina lächelte zurück. »Also gut. Aber danach ist Schluss, versprochen?«

»Klar«, antwortete der Junge, ohne den Blick vom Bildschirm zu wenden.

Die Muskeltiere witschten hastig unter eine Kommode – keine Sekunde zu früh, denn schon lief Serafina dicht an ihnen vorbei. Im Flur blieb sie stehen. Sie zog sich Mantel und Schuhe aus, holte ein paar alte Sandalen aus einem Beutel, schlüpfte hinein und öffnete die Küchentür.

Sie stieß einen entsetzten Schrei aus.

Aus dem Wohnzimmer ertönte Gekicher.

Pomme de Terre lugte um die Ecke. Serafina hing an der Türklinke fest. Und der Junge wälzte sich vor Lachen auf der Couch.

»Was ist das?«, rief Serafina. »Meine Hand stecken fest!«

»Superkleber«, rief Tassilo vergnügt von nebenan.

»Das ist nicht lustig.« Serafina versuchte, ihre Hand von der Klinke zu lösen. »Au! Es fühlt sich an wie Zement auf meine Finger. Und es ist überall an der Klinke. Jetzt ich muss alles sauber machen.«

Tassilo war aufgesprungen und lehnte grinsend am Türrahmen.

Er beobachtete Serafina, wie sie kopfschüttelnd zur Badezimmertür ging, die angelehnt war.

»Oh nein!«, flüsterte Gruyère, doch da war es schon zu spät. Oben auf der Tür balancierte ein Eimer, der kaum, dass Serafina die Tür öffnete, umkippte und sie mit einem Wasserschwall übergoss. Serafina wischte sich das Wasser aus dem Gesicht und Tassilo schüttelte sich vor Lachen.

»Es ist nicht gut!«, rief Serafina. »Ich werde deine Mutter erzählen, was du hier machst. Ich dachte, du bist krank.«

»Ich werde deine Mutter erzählen«, äffte Tassilo sie nach und streckte ihr die Zunge raus.

Serafina sah ihn streng an. »Ich mache dir keine Kakao«, sagte sie.

»Ich mag überhaupt keinen Kakao«, antwortete Tassilo. »Das hab ich nur gesagt, damit du zur Küche gehst.«

»Was für ein schreckliches Kind«, flüsterte Gruyère.

Der Junge verschwand wieder im Wohnzimmer. »Du kannst zuerst mein Zimmer machen«, rief er über die Schulter.

Serafina nahm sich einen Lappen aus der Kammer und wischte damit Gesicht und Kleidung ab.

In dem Moment klingelte ihr Handy. Serafina holte es aus ihrer Handtasche.

»Ein Glück, dass wir nicht mehr da drinsitzen«, flüsterte Picandou.

Sie hörten eine helle Kinderstimme aus dem Kästchen. Sie wirkte ganz aufgeregt. Serafina

schloss die Augen, nickte und sprach leise und eindringlich in einer fremden Sprache auf die Stimme ein. Sie versuchte, das Kind zu beruhigen, so viel war klar, aber dabei sah sie auf einmal sehr traurig aus und wischte sich ein paar Tränen aus dem Gesicht.

»Kommt«, flüsterte Pomme de Terre. »Wir sollten Bertram suchen, während sie und der Junge beschäftigt sind.«

Er wollte gerade lospreschen, als Tassilo aus dem Wohnzimmer rief: »Hör endlich auf zu telefonieren und mach mein Zimmer. Und fass ja meinen Hamster nicht an!«

Serafina beendete ihr Gespräch und ging zu ihm hinüber.

»Bertram von Backenbart ist zurück?«, fragte sie überrascht.

»Allerdings. Und er wird noch gründlich bereuen, dass er abgehauen ist«, antwortete Tassilo.

»Es ist doch schön, dass er wieder ist hier«, sagte Serafina. Sie versuchte, sich zu fassen, holte das Putzzeug aus dem Wandschrank und wischte den Boden trocken. »Und jetzt mach bitte den Fernseher aus.«

Tassilo antwortete nicht.

Pomme de Terre ballte die Fäuste. »Dieser Tassilo ist einfach furchtbar. Höchste Zeit, dat der eins auf die Rübe kriegt.«

»Ganz deiner Meinung«, flüsterte Gruyère. »Aber zuerst müssen wir Bertram befreien.«

Picandou schüttelte sich. »Ich frage mich, wie Bertram so blind sein konnte. Der hat sich ja kein bisschen verändert.«

Als Serafina den Boden trocken gewischt hatte, verschwand sie mit Putzzeug und Staubsauger durch eine Tür am hinteren Ende des Flurs.

»Da muss das Kinderzimmer sein.« Gruyère deutete auf die Tür.

Sie schlichen zum anderen Ende der Kommode. Von dort aus hatten sie einen guten Blick in Tassilos Zimmer. Auf dem Boden lag überall Wäsche. Dazwischen stapelten sich dreckige Tassen und Teller und auf einem Tisch an einem riesigen Fenster stand ein goldener Käfig. Und im Käfig saß ein kleines Häufchen Elend – Bertram.

Serafina begann aufzuräumen und blieb vor dem Käfig stehen. Sie streichelte Bertram vorsichtig mit einem Finger durch die Gitterstäbe.

»Du Armer«, flüsterte sie. Dann öffnete sie die Tür, nahm einen Napf heraus und verließ damit den Raum.

»Schnell«, flüsterte Pomme de Terre und flitzte durch die Tür. Die anderen jagten hinterher. Da kam Serafina bereits

zurück. Sie hatte das Näpfchen mit Wasser gefüllt und stellte es in den Käfig.

Mit klopfenden Herzen verschwanden die Muskeltiere unter einem T-Shirt, das direkt vor ihnen auf dem Boden lag. Hätte Serafina es aufgehoben, hätte sie die drei sofort entdeckt. Doch das tat sie zum Glück nicht. Dafür hatte Bertram seine Freunde gesehen. Mit großen Augen starrte er das T-Shirt an.

»Ihr?!«, flüsterte er ungläubig.

Serafina füllte den Futternapf und stellte ihn vor Bertram auf den Käfigboden. Dann kraulte sie ihn noch mal vorsichtig hinter den Ohren.

»Was machst du da? Lass ja meinen Hamster in Ruhe!«, rief der Junge von nebenan. Seine Stimme klang scharf.

Serafina wandte sich um. Sie wirkte auf einmal sehr aufgebracht. Sie schloss die Käfigtür und ging ins Wohnzimmer.

»So kannst du eine Tier nicht behandeln!«, sagte sie. »Er hatte kein Wasser. Er wäre fast verdurstet.«
Vorsichtig – das T-Shirt wie ein Zelt über sich haltend – schlichen die Muskeltiere auf den Tisch mit dem Käfig zu. Gruyère und Pomme de Terre kletterten

eine Legokiste hinauf, von dort auf einen Stuhl und dann sprangen sie auf den Tisch. Sofort machten sie sich an der Käfigtür zu schaffen.

»Ihr! Meine guten Freunde!« Bertram schlug gerührt die Pfoten ineinander.

»Komm schnell. Wir haben nicht viel Zeit«, sagte Pomme de Terre leise, während er die Käfigtür aufschob. Er reichte Bertram eine Pfote, Gruyère nahm die andere Hamsterpfote, und schnell zogen sie ihren wuscheligen Freund aus dem Käfig. Pomme de Terre reichte ihm mit einer kleinen, hastigen Verbeugung seinen Degen, und dann machten sie, dass sie wegkamen. Von nebenan hörten sie laute Stimmen.

»Ich habe dir gesagt, du sollst meinen Hamster nicht anfassen. Er ist abgehauen und dafür bestrafe ich ihn jetzt.«

»Das ist unrecht! Das ist Tierquälerei!«, rief Serafina. »Und mach jetzt bitte den Fernseher aus. Deine Film ist längst vorbei.«

»Das hast du nicht zu bestimmen«, antwortete Tassilo. »Du bist nur die Putzfrau.«

Inzwischen waren die Muskeltiere wieder unter dem T-Shirt verschwunden und begrüßten einander freudig.

»Wohin jetzt?«, flüsterte Picandou.

»Serafinas Handtasche«, erwiderte Pomme de Terre. »Dort warten wir, bis sie geht. So kommen wir am besten hier raus.«

»Auf zur Handtasche«, flüsterte Bertram und schon trippelte das T-Shirt Richtung Flur. An der Wohnzimmertür blieb Pomme de Terre so plötzlich stehen, dass die anderen fast über ihn gestolpert wären. Sie folgten seinem Blick und erschraken.

Serafina hatte nämlich gerade das schwarze Kästchen

vom Sofa aufgehoben und auf einen Knopf gedrückt. Das Fensterrechteck wurde dunkel. Im gleichen Moment war Tassilo aufgesprungen und warf sich auf die Putzfrau.

»Gib sie mir zurück«, brüllte er. Er versuchte, ihr das Kästchen aus der Hand zu reißen. Doch Serafina hob es hoch und wandte sich ab, sodass er es nicht zu fassen bekam. Das machte Tassilo richtig wütend. Er griff nach ihrem Arm und packte sie um den Hals. Serafina aber war stärker und löste seinen Griff, worauf Tassilo mit dem Fuß auf ihren Bauch zielte. Serafina wich zurück und stattdessen traf Tassilos Fuß die Vase mit dem Drachen.

Die Vase kippelte. Serafina rannte auf sie zu.

»Oh nein!«, rief sie und versuchte, die Vase im letzten Moment zu fassen, doch sie rutsche unter ihren Händen weg und fiel krachend zu Boden, wo sie in tausend Stücke zerbarst. Serafina ging auf die Knie und begann, die Scherben einzusammeln. Sie wirkte ganz benommen vor Schreck.

Tassilo, der breitbeinig auf der Couch stand, hatte die Hände in die Hüften gestemmt und beobachtete sie. Er hielt das schwarze Kästchen triumphierend in der Hand.

»Das war Mamas Lieblingsvase«, sagte er. »Die war ziemlich teuer. Da wird Mama richtig sauer sein.« Er sprang von der Couch und ging in sein Zimmer.

Die Muskeltiere hatten sich inzwischen unter die Kommode geflüchtet. Alle vier waren unter ihrem Fell erbleicht.

Bertram schüttelte sich. »Was ist nur aus Tassilo geworden? Er ist noch schlimmer als früher.«

»Er war wahrscheinlich schon immer so und du hast es nur nicht merken wollen«, sagte Picandou.

Plötzlich kam ein Schrei aus dem Kinderzimmer. »Mein Hamster!«

Serafina erhob sich langsam. Sie wirkte auf einmal sehr erschöpft.

»Er ist weg!«, schrie Tassilo. »Du hast ihn rausgelassen!«

»Ich habe die Tür ganz bestimmt wieder zugemacht«, antwortete Serafina ruhig, als sie in Tassilos Zimmer trat. »Ich habe ihm nur etwas Wasser und was zu essen gegeben.«

»Ich habe dir doch gesagt, dass du die Finger von ihm lassen sollst.«

»Er hatte Durst«, antwortete Serafina. »Du kannst eine hilflose Tier nicht so quälen.«

»Ich erzähle alles Mama, auch dass du mich einen Tierquäler nennst«, rief Tassilo. »Und ich erzähle ihr, dass du in deiner Arbeitszeit telefonierst. Das wird ihr bestimmt nicht gefallen.«

»Das waren nicht mal fünf Minuten«, antwortete Serafina leise. »Das war meine Tochter. Sie hat geweint, weil sie mich vermisst. Sie ist erst fünf und versteht nicht, warum ich bin so weit weg von ihr.«

»Wahrscheinlich weil du eine schlechte Mutter bist«, schnaubte Tassilo.

»Nein, weil ich muss Geld verdienen.«

»Er ist so gemein. Ich ertrage es kaum«, flüsterte Gruyère und hielt sich die Ohren zu.

»Ich habe große Lust, den Kerl ordentlich in die Waden zu zwacken«, knurrte Pomme de Terre. »Bis er nicht mehr weiß, wo links und wo rechts ist.«

In dem Moment wurde die Haustür aufgeschlossen.

Die Muskeltiere drückten sich in den hintersten Winkel unter der Kommode. Sie hörten das Klappern von hohen Absätzen und das Rascheln von Papiertüten.

Serafina und Tassilo hatten nichts davon bemerkt. Serafina rief gerade aufgebracht: »Es ist genug! Ich muss mir so etwas von einem Balg wie dir nicht bieten lassen!«

Eine schwere Parfümwolke schwebte an den Muskeltieren vorbei und eine Frauenstimme fragte scharf: »Was müssen Sie sich von diesem Balg nicht bieten lassen?«

Die Muskeltiere flitzten zum anderen Ende der Kommode und beobachten

von dort, was jetzt geschah. Eine blonde Frau mit sehr roten Lippen und langen Fingernägeln war ins Kinderzimmer getreten.

Tassilo warf sich in ihre Arme und fing an zu heulen. »Mama! Endlich bist du da! Sie ist so gemein!«

»Der tut nur so«, knurrte Bertram. »Heulen auf Knopfdruck konnte er schon immer. Das hat er früher auch schon getan, wenn er nicht bekam, was er wollte.«

»Mein Ha-ha-hamster ist weg«, schluchzte Tassilo. »Sie ist schuld. Sie hat die Käfigtür aufgelassen, obwohl ich ihr gesagt habe, sie soll ihn in Ruhe lassen.«

Tassilos Mutter strich ihrem Sohn liebevoll übers Haar und sagte: »Komm, beruhige dich, mein Engel.«

Sie legte ihm einen Arm um die Schulter. »Wir setzen uns erst mal auf die Couch und dann erzählst du mir alles. Deinen Hamster finden wir schon.«

Ohne Serafina eines Blickes zu würdigen, führte sie ihren Sohn ins Wohnzimmer. Die Parfümwolke folgte ihr.

»Au Backe, gleich sieht sie die Scherben«, flüsterte Pomme de Terre und hechtete zum anderen Ende der Kommode. Da ertönte aus dem Wohnzimmer ein Schrei.

»SERA-FINA!«, brüllte die Frau. Sie klang genau wie ihr Sohn.

Serafina eilte ins Wohnzimmer.

»Sie hat sie vorhin mit dem Staubwedel erwischt«, sagte Tassilo und deutete auf die Scherben.

»Nein, Tassilo. Das stimmt nicht!«, rief Serafina. Die Muskeltiere hörten fassungslos zu. Dieser Junge log ja wie gedruckt. Serafina versuchte zu berichten, was geschehen war, doch sie war so aufgebracht, dass sie ins Stottern kam und sich immer wieder verhaspelte.

»Wir sollten die Ablenkung nutzen«, zischte Picandou. »Ab in die Handtasche, bevor sie Bertram suchen!«

»Aber wir können Serafina jetzt unmöglich im Stich lassen«, lispelte Bertram unglücklich.

»Was sollen wir denn tun?«, fragte Pomme de Terre. »Ich hätte den Jungen wirklich zu gerne ins Bein gezwackt! Aber was würde das nützen? Wir würden uns nur verraten und in Gefahr bringen.«

Picandou und Gruyère nickten zustimmend.

»Leider. Aber wir müssen hier weg, und zwar so schnell wie möglich«, flüsterte Gruyère.

Sie spähten ins Wohnzimmer. Niemand sah in ihre Richtung, denn Tassilo erzählte gerade seiner Mutter, dass Serafina in ihrer Arbeitszeit telefonierte. Hastig huschten die vier zu den Schuhen und kletterten in Serafinas Handtasche.

»Stimmt das oder nicht?«, fragte Tassilos Mutter streng.

»Ja, es stimmt, aber es war …«, stotterte Serafina.

»Ich will keine Ausreden hören. Sie wissen, das ist verboten. Und bitte, wenn Sie mit meinem Sohn nicht klarkommen, wäre es am besten, Sie gehen. Und zwar gleich.«

»Aber, ich bitte Sie …«, rief Serafina. »Ich habe alles getan …«

»Und die Vase werde ich Ihnen von Ihrem Gehalt abziehen«, fuhr Tassilos Mutter fort. »Das wären etwas über siebenhundert Euro.«

»Ich flehe Sie an«, protestierte Serafina. Sie war den Tränen nahe. »Ich brauche das Geld. Ich habe eine kleine Tochter. Ich muss die Miete bezahlen …«

»Und ich muss eine neue Vase kaufen«, sagte die Mutter und erhob sich. »Nehmen Sie Ihre Sachen und gehen Sie. Komm, mein Schatz«, wandte sie sich an Tassilo. »Wir suchen dein Hamsterli. Der muss ja hier irgendwo sein.«

Kapitel 5

Eine weite Reise

Serafina stieg langsam, sehr langsam, die Treppen hinab. Sie merkte nicht einmal, dass ihre Handtasche – dank Bertram – noch etwas schwerer geworden war. Die Muskeltiere, die sich so tief wie möglich darin verborgen hatten, lauschten reglos auf ihr leises Schniefen. Sie alle hörten, dass Serafina weinte, und ihnen war klar, dass sie gegen so viel Ungerechtigkeit unbedingt etwas unternehmen mussten.

Pomme de Terre war schon etwas enttäuscht, dass er diesem Tassilo keine Lektion hatte verpassen können, aber dafür waren sie ohne Schwierigkeiten aus der

Wohnung gekommen. Eines hatten sie allerdings nicht bedacht: Bevor Serafina die Wohnung verließ, hatte sie den Reißverschluss der Tasche zugemacht.

Es wurde heiß und stickig und von dem Geschaukel war den Muskeltieren bald übel.

»Dat is schlimmer als auf der Nordsee bei Windstärke sieben«, knurrte Pomme de Terre, der zwischen einem Schlüsselbund und einer Geldbörse eingeklemmt war.

Bertram zupfte nervös an seinem Schnurrbart. »Wahrscheinlich kommen wir hier erst raus, wenn Serafina zu Hause ist«, flüsterte er. »Und wer weiß, wo das sein wird.«

Die Zeit verging. Serafina schien durch die ganze Stadt zu laufen. Zwischendurch ging der Reißverschluss immer mal wieder auf und die Muskeltiere schnappten frische Luft. Mal holte Serafina ein Taschentuch raus, mal ihr Handy. Beides streckte ihr ein Muskeltier schnell entgegen, damit sie nicht die ganze Tasche danach durchsuchte und dabei ihre vier blinden Passagiere entdeckte.

Dann telefonierte Serafina lange in ihrer Sprache.

»Wohin geht sie nur?«, flüsterte Pomme de Terre, dem der linke Fuß eingeschlafen war, weil er unterm

Schlüsselbund festklemmte. Er hatte versucht, an den Rand der Tasche zu klettern, als Serafina den Reißverschluss etwas länger offen gelassen hatte, war aber wegen der Schaukelei wieder abgerutscht.

»Ich glaube, das weiß sie selbst nicht«, antwortete Gruyère nachdenklich. »Was ihr passiert ist, muss sehr schlimm für sie sein.«

Bertram rückte seinen Säbel zurecht. Er lag auf einer Packung Papiertaschentücher, was relativ bequem war. »Sicher will sie deswegen noch nicht nach Hause«, sagte er.

Als Serafina endlich die Tasche abstellte, war den Muskeltiere von der Schaukelei ganz schwindelig. Sie richteten sich langsam wieder auf. Picandou rülpste und Pomme de Terre seufzte erleichtert: »Na endlich!«

»Sie hat sich hingesetzt«, flüsterte Gruyère. »Ich spüre sie direkt neben uns.«

»Dann sollten wir die Gelegenheit nutzen«, erwiderte Picandou leise und kletterte zum Reißverschluss. »Wofür haben wir schließlich unsere Degen.«

Er begann mit seinem Degen herumzustochern. Bertram kam ihm zur Hilfe, und bald hatten sie den Reißverschluss ein paar Millimeter bewegt. Nun kamen auch

Pomme de Terre und Gruyère dazu. Gemeinsam schafften sie es, den Reißverschluss ganze zwei Zentimeter zu öffnen. Gruyère wollte gerade ihre Pfote durch das Loch schieben, da wurde die Tasche mit einem kräftigen Ruck angehoben. Picandou purzelte über Bertram und der fiel auf Gruyère.

Sie begriffen nicht gleich, was geschehen war, doch dann hörten sie Serafinas Schrei. »Hilfe! Ein Dieb!«

Die Muskeltiere wurden wild hin und her geschleudert und wussten bald nicht mehr, wo oben und wo unten war.

»Oh Gott«, flüsterte Gruyère und versuchte, sich an Bertram festzuhalten.

Irgendwann verlangsamten sich die Schritte. Der Dieb schien nun eine Treppe hinunterzusteigen. Sie hörten ein unheimliches Heulen und Quietschen, das immer lauter wurde, und dann ein eindringliches, lautes Piepen und eine Stimme, die »Zur-rücktreten!« rief.

»Wo sind wir nur?«, flüsterte Picandou.

Das Schaukeln ließ etwas nach, sie hörten ein Brummen, das wie leises Motorengeräusch klang, und dazwischen immer wieder Quietschen.

»Wahrscheinlich sind wir in einem dieser Züge, die unterirdisch fahren«, antwortete Pomme de Terre. »Aber sicher bin ich mir nicht. Ich bin noch nie mit so 'nem Ding gereist.«

»Unterirdisch?« Picandou wurde blass. »Wer weiß, wo der Dieb uns dann hinbringt!«

»Sch …«, machte Bertram. »Sonst hört er uns noch.«

Eine Ewigkeit verging. Die Muskeltiere waren dicht zusammengerückt und hatten sich im hintersten Winkel der Tasche verkrochen. Dort war wirklich schlechte Luft, und so dösten sie bald ein und wachten erst wieder auf, als die Handtasche jäh angehoben wurde. Es schien, als ginge es neuerlich treppauf. Sie mussten nach draußen gelangt sein, denn es wurde merklich heller. Kurz darauf hörten sie das Klappern eines Schlüssels. Der Dieb schloss eine Tür auf und dann wurde die Tasche abgelegt.

Mit einem Ratsch ging der Reißverschluss auf und eine haarige Männerhand griff tastend hinein. Die Muskeltiere waren starr vor Schreck. Die Hand schien etwas zu suchen, und als Picandou begriff, dass es die Geldbörse war, streckte er sie der Hand entgegen. Die Hand nahm die Börse und verschwand. Dann klackerte das Geld auf den Tisch. Der Mann fluchte.

»Uff, das war man knapp«, flüsterte Pomme de Terre neben Picandou. Beide zitterten vor Aufregung, und Picandou, der den Hamster zum hundertsten Mal verwünschte, stieß einen leisen Japser aus. Schritte entfernten sich schlurfend und sie hörten, wie im Nebenzimmer der Fernseher eingeschaltet wurde.

»Kommt raus hier, bevor der Mann zurückkommt und die ganze Tasche ausräumt«, flüsterte Bertram. Vorsichtig kletterten die Muskeltiere aus ihrem Versteck und sahen sich um. Sie saßen auf einem kleinen roten Tisch

neben einem Fenster. Die Abendsonne beschien eine winzige Küchenzeile, die sehr heruntergekommen war.

Pomme de Terre trippelte zum Fenster und spähte hinaus. Zu allen Seiten waren graue Wände mit trüben Fenstern und tief unten lag ein trostloser Innenhof. Er zuckte die Schultern. »Keine Ahnung, wo wir hier sind.«

»Diese Handtasche ist unser Untergang«, schnaubte Picandou.

Die Muskeltiere sahen sich betreten an. Sie wussten, Picandou hatte recht.

Kapitel 6

Gefangen!

Wieder schlurften Schritte heran. So schnell sie konnten, sprangen die Tiere vom Tisch auf einen Stuhl. Die Oberfläche des Stuhls war so glatt, dass Picandou ausrutschte und in Pomme de Terre hineinknallte. Der versuchte sich festzukrallen – umsonst.

Gerade als der Mann den Raum betrat, schlidderte die Maus über den Stuhlrand und fiel kopfüber in einen vollen, stinkenden Mülleimer. Die anderen kauerten reglos auf dem Stuhl und beobachteten den Mann. Er war ziemlich klein, hatte eine Glatze und große abstehende Ohren. Mit seinem vorgeschobenen Kinn sah er aus wie ein Boxer. Er nahm die Tasche und schüttete den ganzen Inhalt auf den Tisch. Scheppernd fielen Lippenstift, Schlüssel, Handy, Münzen und Papiere raus.

»Jetzt klaut er Serafina auch noch das Letzte, was sie hat«, flüsterte Gruyère.

Pomme de Terre, der im Mülleimer saß, wagte kaum

zu atmen. Dabei juckte sein linkes Bein ganz entsetzlich, und er hätte alles darum gegeben, es zu kratzen. Um sich abzulenken, starrte er auf einen Umschlag direkt vor seiner Nase und versuchte die Schrift darauf zu entziffern. Der Trick funktionierte.

Langsam setzte er die Worte zusammen. *J. Saretzki* stand dort geschrieben, darunter *»Tannhäuserweg 18«* und dann eine Zahl vor dem Wort *Hamburg*.

Am Tisch hatte der Mann inzwischen die Dinge aussortiert, die er nicht behalten wollte, und warf sie in den Mülleimer. Die leere Geldbörse landete direkt über Pomme de Terres Kopf und Serafinas Passfoto starrte ihn an. Ein Lippenstift und alte Rechnungen folgten.

Dann öffnete der Dieb den Kühlschrank, nahm drei Flaschen Bier heraus und verschwand im Nebenraum, aus dem die Fernsehstimmen kamen.

Pomme de Terre setzte sich auf und kratzte sein linkes Bein. Und auch noch sein rechtes. Herrlich!

Dann kletterte er aus dem Mülleimer und zurück auf den Stuhl.

»Alles klar?«, flüsterte er den anderen zu. »Und übrigens, ich weiß jetzt, wo wir sind. Nur nützt es uns wahrscheinlich nichts.«

»Wo sind wir denn?«, flüsterte Bertram lispelnd zurück.

»Tannhäuserweg 18«, antwortete Pomme de Terre.

Picandou zuckte die Achseln. »Nie gehört. Nützt uns tatsächlich nichts.«

Die Muskeltiere sahen sich an und schwiegen. Pomme de Terres Blick wanderte nach oben und fiel auf etwas Metallfarbenes, das über den Rand des Tisches lugte – Serafinas Handy. Das hatte der Mann liegen gelassen. Und auf einmal kam dem Mäuserich eine wunderbare Idee!

»Ich weiß, wie wir hier rauskommen!«, rief er. »Aber dafür müssen wir ganz sicher sein, dass ich die Adresse richtig gelesen habe.«

Zusammen mit Bertram studierte er nochmals den Umschlag, den er im Mülleimer entdeckt hatte. Bertram nickte zustimmend: »Ja, das ist eindeutig die Adresse des Diebes«, sagte er. »Aber wie soll uns das helfen, nach Hause zu kommen?«

»Du wirst uns dabei helfen«, antwortete Pomme de Terre und grinste. »Aber erst wenn wir ganz ungestört sind.«

Vor dem Küchenfenster dämmerte es. Die Lichter in den gegenüberliegenden Fenstern gingen nacheinander an und in der Küche war es inzwischen dunkel. Der Mann war nur noch einmal erschienen, hatte drei weitere Flaschen Bier aus dem Kühlschrank geholt und das Handy mitgenommen. Pomme de Terre hatte seinen Freunden flüsternd seinen Plan erklärt.

»Es ist auf jeden Fall einen Versuch wert«, sagte Picandou und die anderen stimmten ihm zu.

»Wenn wir doch auch der armen Serafina irgendwie helfen könnten«, murmelte Bertram.

Pomme de Terre rieb sich nachdenklich über die Nasenspitze. »Wer weiß. Wer weiß, ob das nicht doch möglich ist, Kinners«, antwortete er.

»Erst einmal müssen wir uns selber helfen und hier bei lebendigem Leib rauskommen«, brummte Picandou und warf Bertram einen kühlen Blick zu. »Ich meine – wenn du nicht auf diese Schnapsidee gekommen wärst, Tassilo zu besuchen …«

»Ich könnte einen Brief schreiben«, fuhr Bertram gedankenverloren fort. »Aber wünschen wir ihr wirklich, dass sie weiter bei Tassilos Familie arbeitet?«

Die anderen schüttelten den Kopf. Nein, darin waren sich alle einig.

»Vielleicht brauchen ja Margarethe und Frau Fröhlich Hilfe im Laden«, schlug Gruyère vor.

Picandous Magen knurrte, als er das Wort Laden hörte. Wehmütig dachte er an die herrlichen Leckereien, die sie heute Abend verpassen würden.

Pomme de Terre war zwischendurch mehrmals aus der Küche in den winzigen Flur geschlichen und hatte ins Nebenzimmer gespäht. Nun kehrte er zurück.

»Es ist so weit. Er schläft«, sagte er. »Und das Hani-Dings liegt neben ihm auf dem Tisch.«

Die Muskeltiere schlichen auf Krallenspitzen durch den Flur und schauten in das Zimmer, wo der Mann laut schnarchend auf einer ausgezogenen Schlafcouch lag. Nicht mal im Schlaf hatte er etwas Freundliches an sich. Über den Fernsehschirm flimmerten lautlos bunte Bilder.

»Zeit für Plan A! Auf geht's«, flüsterte Pomme de Terre. Sie kletterten nacheinander an einem Deckenzipfel hinauf auf die Couch, tapsten leise an dem schnarchenden Dieb vorbei und sprangen auf das Tischchen, wo das Handy lag. Vorsichtig ergriff jeder eine Ecke und genauso

vorsichtig schleppten sie das Hani-Ding zur Sofakante. Zum Glück sägte und röchelte der Dieb so laut, dass er nicht merkte, was wenige Zentimeter von ihm entfernt passierte.

Doch nun mussten sie das Handy möglichst lautlos auf den Boden befördern. Wenn sie es fallen ließen, wurde der Dieb von dem Aufprall bestimmt wach. An den Teil des Transportes hatte dummerweise keiner gedacht.

Gruyère sah sich suchend um. Auf dem Bett entdeckte sie eine grün-gestreifte Unterhose in Feinripp.

»Damit könnte es klappen!« Sie warf die Hose auf den Boden. »Wir benutzen die als Fangtuch«, flüsterte sie, als sie die verwirrten Mienen ihrer Freunde bemerkte.

Sie bedeutete Bertram und Picandou, dass sie ihr nach unten folgen sollten. Pomme de Terre aber sollte beim Handy bleiben. Gruyère drückte dem Hamster und dem Mäuserich jeweils ein Hosenende in die Pfote. »Ganz fest ziehen!«, befahl sie.

Sie hielten die Hose straff gespannt und Pomme de Terre schob das Handy vorsichtig über den Rand der Couch. Es fiel direkt in die Fanghose. Die Muskeltiere klatschten sich lautlos ab. Der erste Teil des Plans hatte perfekt geklappt. Sie trugen das Hani-Ding in die Küche und legten es feierlich auf den Boden.

Kapitel 7

Vertauschte Zahlen

»Nun kommt der zweite Teil«, näselte Pomme de Terre und rieb sich vergnügt die Pfoten. »Du bist dran.« Er wandte sich an Bertram. »Du musst jetzt nur Clausens Nummer auf das Hani-Dings schreiben.«

Bertram, der schon seit Minuten fieberhaft überlegte, schüttelte den Kopf. »Ich erinnere mich an die Zahlen«, sagte er, »aber nicht an die Reihenfolge.«

»Dann probier so lange verschiedene Reihenfolgen aus, bis wir die richtige haben«, antwortete Pomme de Terre. »Irgendwann wird es schon klappen.«

Bertram berührte das Kästchen mit der Pfote, und als es aufleuchtete, gab er eine Nummer ein und drückte auf das grüne Telefonsymbol. Die Muskeltiere lauschten atemlos. Irgendwo weit entfernt klingelte es.

Eine Frauenstimme antwortete. Bertram drückte

schnell auf das rote Telefonsymbol. »Das war die Falsche«, flüsterte er.

»Egal, weiter«, rief Gruyère.

Bertram probierte neue Zahlenkombinationen. Aber jedes Mal meldete sich eine fremde Stimme. Entschlossen tippte Bertram weiter. »Wisst ihr eigentlich, wie viele Möglichkeiten es gibt, neun Zahlen zu kombinieren?«, stöhnte er.

»Endlos viele?«, schlug Picandou vor.

»Bitte, gib nicht auf«, flüsterte Gruyère, und Bertram tat ihr den Gefallen. Er tippte und tippte, und als er schon ziemlich erschöpft war und kurz davor aufzugeben, hörten sie endlich eine Stimme, die sie kannten.

»Claus!«, rief Gruyère aufgeregt. »Es ist Claus! Wir haben die richtige Nummer!«

Bertram deutete auf den kleinen Bildschirm und dann auf Gruyère.

»Du merkst dir die ersten drei Zahlen«, sagte er zu ihr. »Du die nächsten drei.« Er wandte sich an Picandou. »Und du die drei danach.« Er deutete auf Pomme de Terre. »Ich übernehme die zwei letzten. Sind alle bereit?«

Er nannte jedem seine Zahlen und die Muskeltiere

murmelten sie vor sich hin. Bertram legte auf, dann folgte er Schritt für Schritt den Anweisungen, die ihm Claus gegeben hatte. Erst drückte er auf das Nachrichtenzeichen. Dann gab er Clausens Nummer ein.

Der Reihenfolge nach sagten die drei Muskeltiere ihre Zahlen auf. Bertram tippte die letzten beiden ganz am Schluss ein. Dann las er sie laut vor.

»Stimmt das?«, fragte er die Runde.

Die Muskeltiere nickten. Nun begann der Hamster langsam Worte einzutippen. Dabei musste er sich sehr konzentrieren. Er streckte dabei seine Zungenspitze so weit raus, dass sie fast seine Nasenspitze berührte.

Hallo Claus. Wir brauchen dringent daine Hilfe, wir sint von einem Dib entfürt worden. Er heißt J SaREtzki unt wont Tannhäuserwek 18, haMburK, Er hat die Handtashe von serafina geklaut. Bitte bring die Polisei und Serafina, damit sie ire sachen zurük krigt.

Picandou unterbrach ihn. »Wie soll Claus denn Serafina finden?«, fragte er. »Wir haben nicht mal ihre Adresse.«

Daran hatte niemand gedacht.

»Wird doch nichts mit unserem Plan«, sagte Gruyère betrübt.

»Wartet!« Pomme de Terre hatte eine Idee. »In Serafinas Handtasche waren Papiere. Könnte da nicht auch ihre Adresse draufstehen? Der Dieb hat sie nämlich alle in den Mülleimer geschmissen.«

Er und Bertram kletterten nochmals in den Mülleimer. Die Papiere waren etwas unleserlich, aber bald war klar – nirgendwo stand Serafinas Adresse.

»Claus kann ja trotzdem kommen, und wenn der Mann die Tür aufmacht, schlüpfen wir raus«, schlug Picandou vor.

»Aber wenn die Polizei keine Beweise hat, dass der

Mann etwas angestellt hat, bekommt Serafina ihre Sachen nicht zurück«, sagte Gruyère.

Bertram, der gerade aus dem Mülleimer kletterte und mit einem Hüpfer den Stuhl nur knapp erreichte, nickte ernst. »Das ist wohl wahr, verehrteste Freundin«, sagte er. »Wir werden Serafina nicht helfen können.«

Pomme de Terre war Bertram durch den Müll gefolgt. Er hielt die Luft an, denn im Mülleimer stank es erbärmlich. Gerade als er herausklettern wollte, rutschte er auf einem sehr alten Joghurtdeckel aus, auf dem sich ein schleimiges grünes Etwas gebildet hatte. Pomme de Terre schob den Deckel angeekelt beiseite. Sein Blick fiel auf Serafinas Geldbörse. Die konnte unmöglich im Müll liegen bleiben. Er packte sie, schob sie mit aller Kraft zum Rand des Mülleimers und hievte sie auf die andere Seite. Die Börse fiel zu Boden und Papiere und Fotos flatterten hinaus.

»Mach nicht so einen Lärm«, rief Picandou. »Willst du etwa den Dieb wecken?«

Pomme de Terre antwortete nicht. Er betrachtete den Inhalt der Brieftasche. Die anderen folgten seinem Blick.

»Schaut mal«, sagte Gruyère und deutete auf zwei Fotos, die auf dem Boden gelandet waren. »Das muss Serafinas kleine Tochter sein.«

Auf den Fotos sah man Serafina und ein hübsches Mädchen. Beide sahen sehr glücklich aus.

Auf einem anderen Foto schaute das Mädchen allein in die Kamera.

»Sehr niedlich«, sagte Picandou höflich.

Bertrams Blick jedoch war auf etwas anderem hängen geblieben – neben den Fotos lag eine Plastikkarte mit Serafinas Foto. Plötzlich standen Bertrams Nackenhaare vor Aufregung zu Berge. Er sprang fast gleichzeitig mit Pomme de Terre hinab, denn der hatte die Karte auch erkannt. Gemeinsam studierten sie sie etwas genauer.

»Brillant!«, rief Bertram und klopfte Pomme de Terre auf die Schulter. »Ein Ausweis. Einfach brillant!«

Picandou und Gruyère verstanden rein gar nichts. Entgeistert schauten sie die beiden an.

»Wir haben das Problem gelöst«, rief Bertram ihnen zu. »Hier steht Serafinas Adresse.«

Pomme de Terre diktierte die nächsten Zeilen an Claus: »Personalausweis vier sechs neun neun …«, begann er und endete mit: »Größe 169 cm, Augenfarbe grün-braun. Meinst du, das reicht?«

Bertram, der alles fleißig mitgeschrieben hatte, nickte. »Ich glaube, damit sollte man sie finden.«

»Jetzt müssen wir Claus nur noch erklären, wer Serafina ist«, sagte Gruyère, die Bertram bewundernd zugeschaut hatte. »Das wird ja dann ein ganz schön langer Brief. Passt der wirklich in so ein kleines Kästchen?«

»Bis jetzt ja«, lispelte Bertram. »Hoffe ich zumindest.« Dann schrieb er, wer Serafina war, dass sie ihre Arbeit wegen Tassilo verloren hatte, dass sie sehr, sehr nett sei, viel netter als Frau Sievers und dringend eine neue Arbeit brauche: Am besten bei dir. Bitte rete uns, beendete er die Nachricht und wischte sich erschöpft den Schweiß von der Stirn. Zuletzt drückte er auf das Wort senden. Das Handy machte ein leises »Wuschsch« und die Nachricht war verschickt.

Andächtig schauten alle vier auf das Wunder-Kästchen. Danach trugen sie es zurück ins Wohnzimmer und legten es vorsichtig vor das Tischchen auf den Boden. Erschöpft kehrten sie in die Küche zurück und sahen sich nach einem Versteck um. Schließlich einigten sie sich auf einen Pizzakarton, der in der Ecke hinter dem Mülleimer lag. Bequem war es dort nicht, aber sie kuschelten sich aneinander und machten es sich so gemütlich wie möglich, denn nun blieb ihnen nichts anderes übrig, als zu warten.

Kapitel 8

Diebereien und andere Kleinigkeiten

Der Tag verstrich. Die Muskeltiere wurden immer wieder aus dem Schlaf gerissen. Mal betrat der Dieb die Küche und machte sich etwas zu essen, mal klingelte es an der Tür. Die Muskeltiere waren sofort wach und lauschten gespannt. War das Claus mit der Polizei? Nein, es war eine fremde Stimme.

»Wahrscheinlich ist das noch ein Dieb«, flüsterte Gruyère nervös. »Die arbeiten doch immer in so Banden zusammen.«

Der Mann holte ein weiteres Bier aus dem Kühlschrank und die Muskeltiere hörten den Besucher nebenan lachen und reden. Die Sonne verschwand schon hinter dem Dach des gegenüberliegenden Hauses und die vier hatten inzwischen vor lauter Hunger furchtbares Magengrimmen. Niemand wagte auszusprechen, was sie alle befürchteten: Claus würde nicht kommen oder schlimmer noch – sie hatten die Nachricht an die falsche Nummer geschickt.

»Wir brauchen einen neuen Plan, sonst verhungern wir hier noch«, sagte Picandou. »Wir sollten versuchen, aus der Wohnung rauszukommen, wenn dieser Kumpel wieder geht.«

Pomme de Terre schüttelte den Kopf. »Das ist zu riskant. Da werden wir garantiert entdeckt.«

»Picandou hat leider recht«, antwortete Bertram. »Welche andere Möglichkeit haben wir?«

Da klingelte es ein zweites Mal. Die Muskeltiere gingen im Pizzakarton in Deckung und lauschten.

Sie hörten Schritte. Die Haustür wurde geöffnet.

Eine tiefe Männerstimme begrüßte den Dieb und dann sprach eine Frau. Wer war das?

Auf einmal erklang eine helle Stimme, die die Muskeltiere sofort erkannten. Ihnen fiel ein riesiger Stein vom Herzen.

»Hurra, Claus ist da!«, rief Gruyère leise.

»Und die Frau ist Tante Lotti«, fügte Pomme de Terre aufgeregt hinzu. Jetzt hatte er sie erkannt.

Die Freunde kletterten aus dem Karton, witschten hinter die Küchentür und spähten durch die Ritze unter der Türangel.

»Dürfen wir kurz eintreten?«, fragte Tante Lotti gerade. Neben ihr standen ihr Neffe und ein Polizist. Claus hatte tatsächlich einen echten Polizisten mitgebracht!

»Sie wollen sicher nicht zu mir«, sagte der Dieb und versuchte, die Tür zu schließen, doch Tante Lotti schob schnell ihren Fuß dazwischen.

»Doch, das wollen wir«, sagte sie bestimmt. »Das hier ist … em … Wachtmeister Krautwurst.« Sie deutete auf den Polizisten, der den Muskeltieren seltsam bekannt vorkam. »Er hat ein paar Fragen bezüglich einer Handtasche, die Sie gestern entwendet haben.«

»Ich erkenne Sie wieder«, rief da eine zweite Frauenstimme von hinten aus dem Hausflur.

Bertram knuffte Picandou aufgeregt in die Seite.

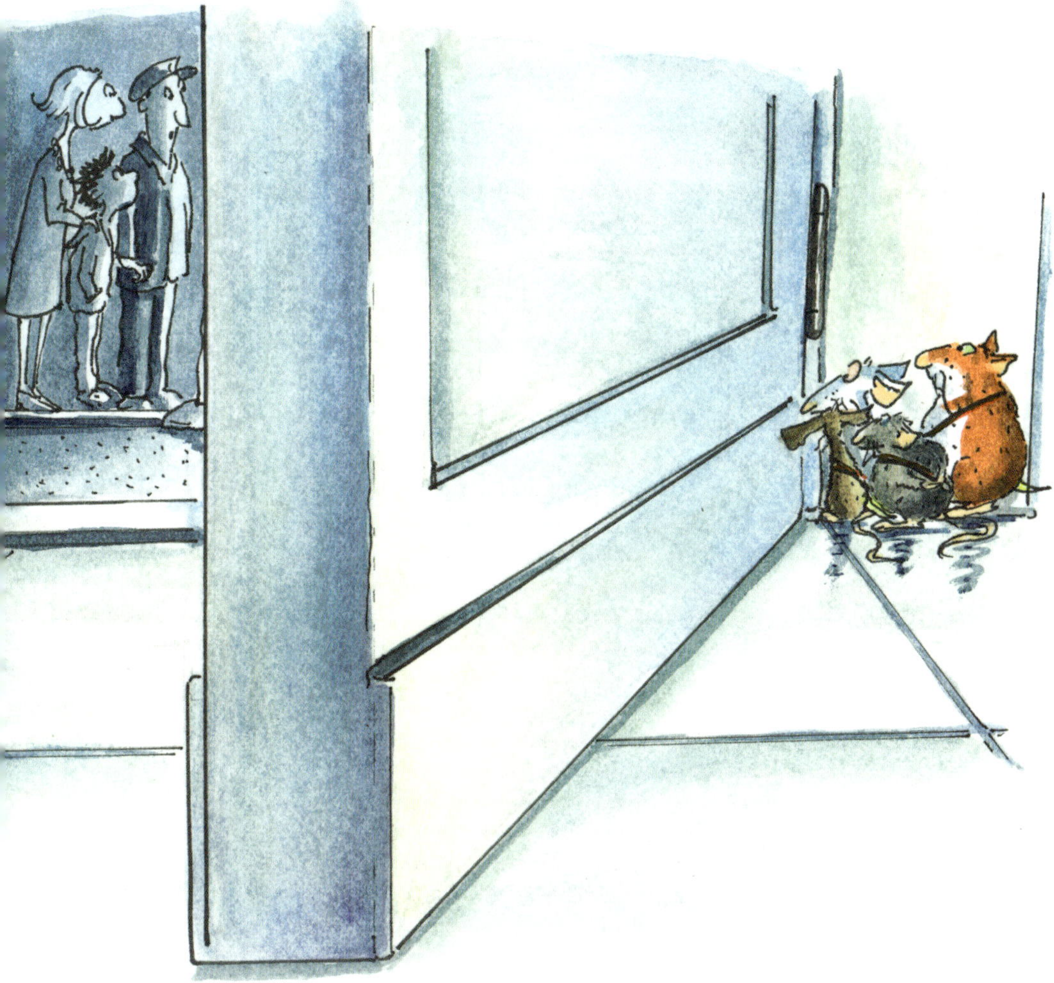

»Serafina«, rief er entzückt. »Claus hat sie gefunden! Er ist wirklich ein Goldjunge!«

»Ich habe keine Handtasche geklaut«, sagte der Mann schroff.

»Ich glaube, wir müssen etwas nachhelfen«, flüsterte Pomme de Terre, und bevor ihn jemand stoppen konnte, hatte er Serafinas Ausweis gegriffen und lief damit in den Flur. Zum Glück war es hier recht dunkel und auf dem dunkelbraunen Teppichboden war die kleine braune Maus fast unsichtbar.

In diesem Moment betrat der Kumpel des Mannes den Flur. »Was'n hier los?«, grölte er.

Pomme de Terre hatte die kurze Ablenkung genutzt und den Ausweis vor Claus auf den Boden gelegt. Dann zupfte er sanft an Clausens Hosenbein.

Claus blickte nach unten. »Schauen Sie mal, ist das nicht Ihr Ausweis?«, fragte er Serafina.

Die stieß einen kleinen Schrei aus. »Ja, er steckt immer in meiner Geldbörse.«

»Umso erstaunlicher, dass er nun ausgerechnet hier liegt.« Tante Lotti sah den Dieb prüfend an.

Dem schien es die Sprache verschlagen zu haben. »Wie …«, stotterte er und schaute sich verwirrt um.

»Und da sind ja meine Hausschlüssel!«, rief Serafina. »Und ein Foto von mir und Gosia!«

Die Muskeltiere hinter der Küchentür grinsten. Sie waren Pomme de Terres Beispiel gefolgt und hatten flink weitere Gegenstände aus der Handtasche im Flur verteilt.

»Ich schlage vor, Sie geben Frau Pawlowska jetzt ihre Habseligkeiten und ihr schwer verdientes Geld zurück. Sonst kann es für Sie sehr unangenehm werden, junger Mann. Ich habe sehr gute Anwälte und Wachtmeister Krautwurst nimmt sie bestimmt gern sofort mit.«

Der Mann zögerte, aber nur kurz. Dann öffnete er die Tür und Tante Lotti, der Polizist und Serafina folgten ihm in die Küche. Serafina hob die Geldbörse vom Boden auf, entdeckte ihre anderen Habseligkeiten im Mülleimer und sammelte alles zusammen.

»Nur das Handy fehlt noch«, sagte sie.

Tante Lotti warf dem Dieb wieder einen mahnenden Blick zu. »Vielleicht zeigen Sie dem Wachtmeister, wo Sie das Handy aufbewahrt haben«, sagte sie.

»Wachtmeister Krautwurst?«, flüsterte Picandou fragend. Aus der Nähe hatte er einen genaueren Blick vom Polizisten erhaschen können. »Er hat eine große Ähnlichkeit mit Tante Lottis Chauffeur.«

»Wenn das nicht Tante Lottis Chauffeur ist«, flüsterte Bertram zurück und grinste breit, »fresse ich meinen Degen.«

Der Dieb führte Tante Lotti, Serafina und den Wachtmeister schweigend ins Nebenzimmer. Claus aber blieb zurück und sah sich suchend um. Da flitzten auch schon die drei Muskeltiere aus ihrem Versteck auf ihn zu. Claus hob sie vorsichtig hoch.

»Na, hab ich das gut hingekriegt?«, wisperte er. Die Muskeltiere auf seiner Handfläche nickten begeistert.

Die Erwachsenen kamen zurück und Claus ließ seine Freunde schnell in seiner Jackentasche verschwinden. Er pflückte auch Pomme de Terre, der sein Hosenbein hinaufkletterte, auf und setzte ihn zu den anderen.

»Auf geht's«, rief Tante Lotti ihrem Neffen zu und Claus folgte ihr zur Wohnungstür.

Als der Dieb die Tür hinter ihnen schließen wollte, hielt Wachtmeister Krautwurst sie auf.

»Dank der Großzügigkeit von Frau Pawlowska belasse ich es diesmal bei einer Verwarnung«, sagte er. »Aber ich habe Sie im Blick. Denken Sie nicht, dass Sie mit so etwas noch einmal durchkommen. Nächstes Mal kennt die Polizei kein Pardon. Haben wir uns verstanden?«

Der Dieb nickte wortlos.

Tante Lotti lächelte ihm zu. »Versuchen Sie es doch mal mit ehrlicher Arbeit, Herr Saretzki«, sagte sie und reichte ihm eine Visitenkarte. »Wir suchen gerade Fahrer. Wenn Sie sich also bewerben wollen, rufen Sie mich an.«

Der Mann knallte die Tür zu und die anderen folgten Wachtmeister Krautwurst die Treppen hinab. Die Muskeltiere spähten vorsichtig aus der Jackentasche. Tante Lotti schien bester Dinge zu sein und Claus versuchte, sich ein Lachen zu verkneifen.

»Großartig, das haben Sie großartig gemacht, lieber Albert«, rief Tante Lotti vergnügt.

»Aber wieso ausgerechnet Krautwurst, Frau Bredekamp«, fragte Albert und nahm die Polizeimütze ab.

»Ach, das war … Eingebung«, sagte Tante Lotti. »… ich erinnere mich, auf der *Traviata* gab es mal einen Kapitän, der so hieß.«

Sie blieben vor einer schwarzen Limousine stehen. Albert öffnete die Hintertür mit einer leichten Verbeugung und Tante Lotti, Claus und Serafina stiegen ein.

Albert setzte sich vorne auf den Fahrersitz.

»Wohin soll's gehen, Frau Bredekamp?«, fragte er.

»Kurs Süd, Süd-West, bei sechsundzwanzig Knoten«, antwortete sie. »Wir bringen Frau Pawlowska zu ihrer Wohnung.«

»Was meint sie mit Knoten?«, flüsterte Gruyère.

»Sie meint die Schiffsgeschwindigkeit«, näselte Pomme de Terre, der sich auskannte. »Sie tut so, als ob sie auf 'nem Dampfer unterwegs ist.«

»Darf ich denn die Polizeiuniform jetzt ausziehen?«, fragte Albert.

»Natürlich«, rief Tante Lotti. »Auch wenn sie Ihnen prächtig steht. Sie waren ein toller Polizist!«

Albert wurde rot vor Freude. »Jederzeit gerne wieder.«

»Danke an Sie alle«, sagte Serafina. »Sie hat der Himmel geschickt. Sie haben keine Ahnung – ich war so verzweifelt. Erst ich verliere meine Arbeit, dann meine Handtasche mit Geld, Schlüssel, Handy – alles. Ich wusste wirklich nicht mehr weiter. Zum Glück hatte meine Nachbarin ja eine Ersatzschlüssel, sonst …«

Tante Lotti lehnte sich zurück. »Ich bin froh, dass wir Ihnen behilflich sein konnten«, sagte sie. »Aber vor allem müssen Sie meinem Neffen danken.«

Claus zupfte seine Tante am Ärmel. »Da ist noch etwas«, flüsterte er.

»Ach, ja richtig.« Die Tante wandte sich wieder an Serafina. »Claus sagte, dass Sie eine Stellung suchen. Stimmt das?«

»Ja, das stimmt.«

»Also, wir könnten schon jemanden gebrauchen«, sagte Tante Lotti und blickte zu Claus, der nickte.

»A-aber woher wissen Sie das?«, rief Serafina.

»Über … emm … Freunde«, warf Claus schnell ein. »Sie haben sehr von Ihnen geschwärmt.«

Serafina lächelte Claus überrascht an, und Claus fand,

dass sie ein sehr nettes Lächeln hatte. Sie hatte plötzlich Tränen in den Augen.

»Weinen Sie?«, fragte er besorgt.

»Nur, weil ich bin sehr glücklich!« Serafina schüttelte den Kopf. »Ich kann es noch nicht alles fassen.«

Tante Lotti hatte die beiden neugierig beobachtet. Claus hatte ihr in der Früh schlimme Geschichten von der strengen Frau Sievers erzählt und von Serafina und der gestohlenen Handtasche. Es klang so, als wäre sie eine alte Bekannte. Er hatte darum gebettelt, dass sie ihr helfen, und gesagt, dass sie sehr nett sei und sich bestimmt auch gut um ihn kümmern könnte. Nun dämmerte es ihr: Claus hatte Frau Pawlowska noch nie gesehen! Aber er schien sie zu mögen und sie mochte ihn. So viel war klar.

Claus steckte seine Hand in die Tasche und strich seinen Freunden behutsam über ihr weiches Fell. Die Muskeltiere hatten dem Gespräch zufrieden gelauscht. Besser hätte es nicht laufen können.

Tante Lotti fragte Serafina, warum sie ihre letzte Stelle verloren hatte, und Serafina erzählte von Tassilo und von allem, was am gestrigen Tag geschehen war.

»Deswegen ich kann Ihnen nicht mal eine Empfehlungsschreiben geben«, sagte sie bedrückt.

»Die Empfehlung meiner Freunde ist viel wichtiger«, sagte Claus, bevor Tante Lotti den Mund aufmachen konnte.

Tante Lotti hob eine fragende Braue. »Was für Freunde sind denn das?«

»Ich habe dir doch erzählt, dass ich das nicht sagen kann«, erklärte Claus. »Aber bitte vertrau mir.«

Tante Lotti tätschelte seine Hand. »Na gut, mein Junge. Jedenfalls finde ich, dass du eine gute Entscheidung getroffen hast.« Sie wandte sich wieder an Serafina. »Das kleine Mädchen auf dem Foto vorhin, ist das Ihre Tochter?«

Serafina nickte.

»Wie alt ist sie?«, fragte Tante Lotti.

»Fünf.«

»Lebt sie bei Ihnen?«

Serafinas Miene wurde ernst, sie senkte den Blick. »Leider nein. Sie ist bei ihrer Großmutter in Polen.«

Tante Lotti schüttelte den Kopf. »Sie ist noch so klein. Sie sollte bei ihrer Mutter sein.«

»Wenn ich könnte, würde ich alles tun, um sie bei mir zu haben«, sagte Serafina leise. »Aber wie soll das gehen? Ich arbeite von morgens bis abends. Da hätte ich mich nicht um sie hier richtig kümmern können.«

»Verstehe«, sagte Tante Lotti. »Also, liebe Frau Pawlowska«, fuhr sie fort. »Wollen Sie mit uns kommen und sich die neue Stelle mal anschauen?«

Serafina nickte glücklich.

»Albert«, sagte Tante Lotti. »Kursänderung. Fahren Sie uns bitte direkt nach Hause.«

»Sehr wohl, Madame«, antwortete Albert und wendete den Wagen, sodass sie nun Richtung Blankenese fuhren.

Serafina kam aus dem Staunen nicht heraus, als sie in die prächtige Auffahrt einbogen. Der Garten war angelegt wie ein Schiffsbug mit mehreren Ebenen und einer Reling. Selbst die Gärtner waren wie Matrosen gekleidet. Aber worüber Serafina am meisten staunte, war das Haus. Es hatte runde Fenster und das Dach sah aus wie ein umgedrehtes Schiff.

»Tante Lotti liebt Kreuzfahrtschiffe«, erklärte Claus. »Deswegen sieht hier alles so aus. Ich musste früher immer einen Matrosenanzug tragen.«

»Ich liebe auch Schiffe sehr«, sagte Serafina. »Mein Vater war Kapitän.«

»Wirklich?!«, rief Tante Lotti erfreut. »Das müssen Sie mir genauer erzählen!«

Die Muskeltiere, die in Clausens Tasche gekuschelt waren, zwinkerten einander zu.

»Ich wusste, die würden sich verstehen«, flüsterte Bertram.

Tante Lotti und Claus zeigten Serafina das Haus, und es wurde beschlossen, dass Serafina gleich am nächsten Tag die neue Stelle antreten konnte.

»Sie sollten Ihre Tochter nach Hamburg holen. Ich glaube, Claus hat nichts dagegen, wenn Sie sie mit zur Arbeit bringen, oder?« Tante Lotti sah ihren Neffen an.

Der schüttelte den Kopf. »Überhaupt nicht.«

Serafina strahlte. »Ich weiß nicht, wie ich Ihnen dafür danken soll.«

Tante Lotti legte einen Arm um Clausens Schulter. »Indem Sie gut auf meinen Neffen aufpassen.«

Die Muskeltiere in Clausens Tasche knufften sich in die Seite. Das klappte ja wunderbar.

Später brachte Claus sie in sein Zimmer, setzte seine Freunde auf seinen Schreibtisch und fütterte sie mit Käseecken, die er in der Küche besorgt hatte. Ein Salatblatt und Tomatenecken für Bertram hatte er natürlich auch dabei. So verbrachten sie noch einen netten Nachmittag zusammen, und Claus, der zaubern konnte, führte ihnen seine neuesten Tricks vor. Die Muskeltiere waren beeindruckt und hoben anerkennend ihre kleinen Degen. Sie verneigten sich tief vor Claus.

Bertram tippte auf dem Handy: DU Bist ein Helt. Unt TAnteLoti Auch.

Gegen Abend fragte Claus seine Tante, ob sie mit Frau Fröhlich und Margarethe essen gehen könnten. Bertram hatte ihm nämlich ins Handy getippt, dass sie gerne wieder nach Hause wollten.

Tante Lotti sah ihn überrascht an. »Schon wieder?«, fragte sie

»Ja, bitte!«

»Von mir aus«, sagte Tante Lotti. »Ich wollte mit Frau Fröhlich sowieso noch mal über ihre Pralinées sprechen. Vielleicht übernehmen wir ein paar von ihren Rezepten für unsere Eiscremeproduktion. Vanilleeis mit Frau Fröhlichs Schoko-Karamellstückchen. Das schmeckt doch bestimmt gut.«

So kam es, dass Claus die Muskeltiere noch am gleichen Abend am Fuß der Kellertreppe absetzte. Zum Abschied verneigten sie sich nochmals vor ihm, und Claus versprach, bald wiederzukommen.

Die Muskeltiere trippelten zurück in ihre gemütliche Höhle unter der Treppe. Alles war genau so, wie sie es verlassen hatten. Kurz darauf fiel oben im Laden die Tür ins Schloss und in der Ferne schlug die Kirchturmuhr acht Mal.

Picandou seufzte glücklich. »Wisst ihr, was das bedeutet?«

Diesmal passte er problemlos durch das Abflussrohr. Er hatte auf der Reise ziemlich abgenommen.

»Wie gut so ein Abenteuer für die Figur ist«, sagte Pomme de Terre und grinste.

»Stimmt, jetzt ist wieder viel Platz für Neues«, antwortete Picandou. »Wobei, von Abenteuern habe ich erst einmal genug.«

Da stimmten ihm die anderen ausnahmsweise zu – vor allem Bertram.

Es wurde ein richtiges Festessen, und die Muskeltiere

waren sich einig: Frau Fröhlichs Pralinenrezepte waren die besten der Welt. Und Tante Lotti war sehr klug, wenn sie damit neue Eiscreme-Sorten entwickeln wollte.

Als es dämmerte, schlüpften sie erschöpft in ihre Mäusehöhle und krochen in ihre Betten.

»Was für ein Tag!«, seufzte Gruyère und ließ sich in ihre Camembertschachtel sinken.

»Allerdings!« Bertram linste von seinem Schwammbett zu den anderen. »Danke! Ihr seid die besten Freunde der Welt. Ohne euch säße ich noch immer in diesem Käfig.«

»Tja, du hast dich nach deinem Palast gesehnt und dabei vergessen, dass er ein Gefängnis war«, sagte Pomme de Terre.

»Da hast du recht.« Bertram nickte bedächtig. »Ich hab einfach vergessen, was mir wirklich wichtig ist.« Er linste zu ihnen hinüber. »Nämlich ihr!«

Die anderen lächelten.

»Ich bin so froh, dass wir dich nicht verloren haben«, sagte Gruyère.

»Allerdings«, näselte Pomme de Terre.

»Dann wäre niemand mehr da gewesen, der mir auf die Nerven geht. Das wäre ziemlich schrecklich«, fügte Picandou hinzu.

Bertram errötete vor Freude. Nachdenklich zupfte er sich am Bart und murmelte: »Übrigens hattet ihr auch mit etwas anderem recht. Ich glaube, ich hatte gehofft, dass Tassilo ein besserer Mensch geworden ist, aber da habe ich mich getäuscht.«

»Manche Menschen ändern sich nie«, antwortete Gruyère. »Leider.«

»Es war trotzdem gut, dass wir da waren«, sagte Picandou schläfrig. »Ich meine wegen Serafina.«

Gruyère sah ihren Picandou überrascht und erfreut an.

»Du sprichst wie ein wahres Muskeltier«, sagte sie und nahm seine Pfote.

»So hat alles sein Gutes«, fügte Pomme de Terre hinzu. »Nur diesem Tassilo hätte ich zu gern ins Bein gezwackt. So wie der mit Menschen umgeht. Das geht doch auf keine Kuhhaut.«

Bertram wiegte nachdenklich den Kopf. »Ich glaube, irgendwann in seinem Leben kommt das alles zurück«, lispelte er. »Aber das soll nicht unsere Sorge sein.«

»Nein«, brummte Picandou, der schon fast eingeschlafen war. »Wahrhaftig nicht.« Er stellte sich gerade ein riesiges Schokoladenpraliné vor. Es hatte eine gold-cremige Füllung.

»Karamell«, seufzte er. »Ka-ra-mell. Hoffentlich gibt es morgen wieder Ka-ra-mell.« Ein freudiger Schauer erfasste seinen Körper. »Ach, ich kann es kaum erwarten, wieder aufzuwachen. Das Leben ist gut. Sehr gut sogar.«

Gruyère drückte sanft seine Pfote. »Ja, das ist es. Vor allem mit euch.«

Doch das hörte niemand mehr, denn die Muskeltiere waren nach dem langen anstrengenden Tag fest eingeschlafen.

Aussprache

Vielleicht fragst du dich ja, wie man den einen oder anderen Namen ausspricht, denn sie sind ja alle französisch. Es hilft, wenn du ein bisschen näselst und sie ungefähr so sagst:

Picandou: Pikohndu
Camembert: Kamombeer
Saint Albray: Sant Albrä
Gruyère Réserve: Grüieer Reserw
Pomme de Terre: Pomm dö Terr

Ute Krause, 1960 geboren, wuchs in der Türkei, Nigeria, Indien und den USA auf. An der Berliner Kunsthochschule studierte sie Visuelle Kommunikation, in München Film und Fernsehspiel. Sie ist als Schriftstellerin und Illustratorin erfolgreich. Ihre Bilder- und Kinderbücher wurden in viele Sprachen übersetzt und für das Fernsehen verfilmt.

Ute Krause wurde u.a. von der Stiftung Buchkunst und mit dem Ver.di-Literaturpreis ausgezeichnet und für den Deutschen Jugendliteraturpreis nominiert.

Von Ute Krause sind bei cbj folgende Bücher erschienen:

Theo und das Geheimnis des schwarzen Raben
Kinderroman ab 10 Jahre (17579)

Im Labyrinth der Lügen Kinderroman ab 10 Jahre (22654)

Die Muskeltiere zum Vorlesen:
ab 8 Jahre, ca. 208 Seiten, durchgehend farbig illustriert
Die Muskeltiere – Einer für alle, alle für einen (15903)
Die Muskeltiere auf großer Fahrt (17172)
Die Muskeltiere und Madame Roquefort (17442)
Die Muskeltiere und das Weihnachtswunder (17697)

Die Muskeltiere zum Selberlesen:
ab 7 Jahre, ca. 128 S., durchgehend farbig illustriert
Die Muskeltiere – Picandou und der kleine Schreihals (17337)
Die Muskeltiere – Hamster Bertram lebt gefährlich (17369)
Die Muskeltiere – Pomme de Terre und die vierzig Räuber (17619)
Die Muskeltiere und die rattenscharfe Party (17783)

In der Reihe »Erst ich ein Stück, dann du«:
ab 6 Jahre, ca. 88 S., durchgehend farbig illustriert
Die Muskeltiere und der fliegende Herr Robert (17752)

Minus Drei zum Vorlesen:

ab 4 Jahre, 80 Seiten, durchgehend farbig illustriert

Minus Drei wünscht sich ein Haustier (15892)

Minus Drei und die laute Lucy (15893)

Minus Drei und der Zahlensalat (15906)

Minus Drei macht Party (17091)

Minus Drei geht baden (17182)

Minus Drei und die wilde Lucy – zum Selberlesen

ab 6 Jahre, 80 Seiten, durchgehend farbig illustriert

Minus Drei und die wilde Lucy – Der große Vulkan-Wettkampf (17400)

Minus Drei und die wilde Lucy – Minus reißt aus (17401)

Minus Drei und die wilde Lucy – Das große Dunkel (17345)

Minus Drei und die wilde Lucy – Die blöde Sache mit dem Ei (17534)

Diese Bücher gibt es auch als Hörbuch: www.cbj-audio.de